神様コンビニのバイト嫁
契約結婚と幸せのお惣菜

妙見さゆり

富士見L文庫

神様コンビニのバイト嫁

契約結婚と幸せのお惣菜

もくじ

第一章

——そのコンビニには、愛を知らない美しい神様が住んでいました。


高台の公園から見下ろす町並みの家々は、隙間無く綺麗《きれい》に並べたドミノのようで、一つ弾《はじ》けば全て倒れてしまいそうなほど密に並んでいる。

秋の夕日が青やオレンジの屋根を包むように覆い尽くしていた。

少し前まで遊んでいた子どもたちの姿もなくなり、静けさだけが支配する公園のコンクリート製の冷えたベンチに腰掛けながら美桜《みお》は大きな溜息《ためいき》を一つこぼす。

背後にはすっかり長くなった影が伸び、タイムリミットが刻々と迫っていることを実感させた。

こんなたくさんの家があるのに、今、この中には自分の住むべき場所がないのだ。

先ほどまで散々騒いで駆け回っていた子どもたちのように、親が待つ温かい家など自分にはない。けれど眼鏡の奥にある瞳《ひとみ》は暗い色をしていない。

「……現在の選択肢は二つ。まず大学を辞めずにバイトでしばらくしのぐか、もしくは大学を辞めてがっつり仕事をするかだよね。どちらにするにしても住むところがないとどうしようもないし、住み込みなんて今時難しいか……」

呟《つぶや》いた声も悲壮感よりは諦《あきら》めの声音だ。

手の中のバイト情報誌に視線を落とし、もう一度当てもなくパラパラとめくる。

美桜の一つにくくっただけの長い髪先をもてあそぶ秋の風が、指先からページを奪い勝手にパラパラとめくっていく。情報誌の至る所に折り目がつけられている。

神崎《かんざき》美桜は、弱冠二十歳にして生死を左右しかねない逼迫《ひっぱく》した状況に置かれていた。

計画性のない父の無責任な借金により、数年前に病気がちだった母が亡くなって以来、二人住まいをしていたアパートを明日の朝には追い出されてしまう予定で、仕事を見つけない限り奨学金でなんとか通えている大学もこのままでは辞めざるをえない。

もちろん法律的には親の借金の返済義務が子にくることはない。だから美桜に支払う義務はないけれど、家に何度も何度も取り立ての人たちが来るので、大家さんから引導を渡されてしまった。

「知識とお金は裏切らない」をモットーとする美桜だけに、大学を卒業して資格を取り、一生働けるお堅い仕事に就くことが小学生の頃からの人生設計だったが、それが今崖《がけ》っぷちの状態になっている。

ギリギリまで大学を辞めない前提で仕事探しをしていたが、もう時間はない。選んでいる場合ではなくなってしまったと、足下の影が告げている。

己の不幸や今の状況を嘆いたって時間は止まってくれない。

それがわかっていても、「すまん、元気でな」なんて一行だけの書き置きを残して先に家から逃げ出した父親を恨みたくなってしまう。

まあいつかはこんな事態がおきるかもしれないと、心のどこかで覚悟していた節もあったと、今になれば自覚しているだけに諦めも早かった。

「住み込みができて夕方から働けて、給料が良くてまかないも付いている仕事なんて都合良すぎたな……。現実的に考えて無理だってわかってたんだけどね」

理想の条件が無理だとわかってはいたのだが、一縷《いちる》の望みに賭《か》けてギリギリまで探し続けていた理由が美桜にはあった。

美桜の子どもの頃からの目標は公務員になること。福利厚生の整った安定した職業、週休二日で昇給に不安もない。しかも市政に関われるのは何よりも魅力的だ。

美桜が目指しているいわゆる「地方上級」と呼ばれる試験は、大学卒業程度が受験資格に必須《ひっす》だ。

大卒程度と明記されているので大学を卒業していなくても試験を受ける資格はあるが、個人で勉強して試験を突破するのは並外れた頭脳があれば別だが、少々勉強ができる程度の美桜にとっては至難の業になることは火を見るより明らかで、専門の予備校などに通わなくてはならないだろう。そうなるとやはり奨学金制度があり様々な資格も取得が可能で、豊富に資料も教師も揃っている大学で勉強を続けたいところだ。

「まずは住居だよね。勉強はどんな環境でもできるけど、家がないのは致命的な痛手だから……うん、やっぱり住居確保が一番！」

悩んでいるだけでは何一つ解決には至らない。いつまでもウダウダと悩み続けることは無駄な時間だと美桜は常日頃から思っている。

「時は金なり、悩んでいる一分も働けばお金になる」

フッと一つ息を吐き出すと顔を上げて街を見下ろした。

「大学は諦めて、お金を貯めてから専門の予備校でも考えよう。回り道したっていつかゴールにたどり着けばいいんだから」

自分に言い聞かせグッと拳《こぶし》を握り締めた瞬間、背後から声をかけられた。

「ねえお姉さん、お仕事探してるの？」

てっきり一人きりだと思い込んでいた美桜は驚いて振り返る。

いつからいたのだろうか、中学生くらいの歳の少年が美桜の座るベンチの背後にある滑り台の上に立ちこちらを見下ろしている。

風がさっと美桜の横を駆け抜け少年の髪を揺らす。

なぜかドキリと胸が鳴る。それは独り言を聞かれたかもしれないという恥ずかしさだけではなく、自分でもうまく言い表せないが、胸の奥深くにある感情が何かに揺らされた。

淡い夕日に照らされたその少年は、ニコリと微笑みを浮かべ小さく首を傾げるや、シャツをなびかせて滑らかに斜面を滑り降り美桜の座るベンチの横に近づいた。

サイズの合わない大きめのセーラーカラーの白シャツと、足首が見えるように折り上げたパンツという出《い》で立ちは、ルーズに見えるがそれが彼の柔らかそうなクセのある髪には似合っている。

（なんて綺麗な顔立ちの子）

こちらを見つめる彼の瞳は深い黒と淡い青のどちらをも含む不思議な色で、少し日本人離れした顔立ちの中で強い印象を放つ。

美桜は自分がとても地味な部類の人間だとわかっている。

女子大生なんていえば綺麗な化粧をしてブランドバッグやお洒落《しゃれ》な服を着こなしている、華やかな姿をイメージするかもしれないが、明日をも知れぬ美桜にはそんな物にかけるお金はない。

化粧品を一つ買うくらいならば米と調味料の買いだめをするし、もちろん美容院など行かないから自分で髪も切る。服は小さくなったものなどをリフォームしたり激安の最低価格商品を買っている。

こんな自分とは向き合うだけでも相応《ふさわ》しくない美少年の出現に声を失う。

気後れしている美桜に構わず、人なつこい笑顔のまま優しい声で言った。

「お姉さん、お仕事探してるんでしょ？　聞こえちゃった。でね、お姉さんにぴったりのお仕事、僕が紹介してあげるよ」

まだ高い声は、声変わりの前なのか海外の少年合唱団に入れそうなほど澄んだ心地良い声質で、歌えばきっと聞き惚《ほ》れてしまうだろうと思わせる。

彼は、ひどく不思議で非日常的な存在だった。

状況が飲み込めないでいた美桜はしばしポカンとしていたが、ようやく彼の言ったことを理解して眼鏡を押さえながら眉根《まゆね》を寄せた。

「仕事を紹介って……どういうこと？　というか怪しい」

「ええぇ、怪しくないよ～！　お姉さん、すごく困ってるって独り言を言ってたよね？　ね、絶対にすごくいい話だからさ」

ニコニコと愛想良い笑みを浮かべているが、どう見ても中学生くらいにしか見えない子どもが紹介する仕事なんて、どう考えても怪しいではないか。

更に彼がとんでもない美少年というのも怪しさに拍車をかけている。

大体、『いい話』という言葉が嫌いだ。

――甘い話には罠《わな》がある。

それは子どもの頃から嫌というほど魂にまで刻み込まれた言葉だ。

父は何度美味《おい》しそうな甘い話に騙《だま》され、何度罠に引っかかってきたことか。今回のこの窮地に陥った借金の原因だって、よく知りもしないネットで知り合った人の甘い投資話に乗ったせい。今頃また懲りずに一発逆転の白昼夢でも見ていることだろう。

「いきなり仕事の紹介って言われても……あ、もしかしていかがわしい系？　それなら私に一番似合わないお仕事ですから」

女性が効率よく稼げるといえば、いかがわしい仕事が思い浮かぶ。

ただ美桜の中ではそんな世界のイメージは華やかで、自分のような地味な女を面接に連れていけばこの少年が怒られてしまう可能性もあると思えば、申し訳ない気持ちさえ湧いてくる。

彼の背後には危ない大人の組織とかがありそうではないか。関わってはいけないと脳内信号が警報を派手に鳴らしている。

「それと、君みたいな子どもに客引きさせているんだったら違法行為ですし、困っていることがあれば、ちゃんとした機関に相談した方がいいと思いますよ」

少年の背後にどんなものがあるのかはわからないけれど、未成年を保護する法律は十分とはいえなくとも整っているのだから相談をした方がいい。

こんな怪しげな呼び込みのような仕事を続けるのは、まだ少年の彼に悪い影響しかもたらさないだろう。

そうは思っても、少年には申し訳ないが今の自分ではどうにもしてあげることはできない。せめてきちんとした所で保護してもらうようにアドバイスするしかない。

(私も何度か通報された……)

母が入院中、父が何日も帰ってこなくなると、どこかで誰かが見ていたかのように福祉関係の人に通報が行く。近所の人からなのか担任の先生からなのか、とにかく当時の美桜にとっては迷惑なことだった。

自分で何でもできる、父もすぐに帰ってきてくれる。

そう思っていたから、他人がズカズカと踏み込んでくる行為がとても嫌だった。

(余計なお節介だよね)

今言った自分の言葉に苦笑して、美桜は話を打ち切るようにベンチから立ち上がりおしりを軽くはたく。

美桜が立ち去ろうとしているのを察した少年は、笑みを浮かべていた顔を一気に曇らせ、今にも泣きそうな悲しそうな表情になる。

「お姉さん、怒らせてしまったのならごめんなさい！　お姉さんが警戒するのも当然です。でも本当に怪しい仕事じゃなくて、少しでいいから話だけでも聞いてもらえないですか？」

シュンとして視線を足下に落とす美少年は、あざといほど悲しげな表情と声音で、同情心を湧き上がらせるし、それに将来公務員という市民のための仕事に就きたいと願う者として、このまま放置してはいけない気がした。

この少年がもしどうにも身動きがとれない状態ならば、話を聞くのが義務かもしれない。

「ええっと……私に何ができるかわからないけど話は聞くから、ね、座りましょうか？　私も座るし、あの、君も座ったらどうですか？」

あまり人と交わることは得意としない。

日々の生活に追われるばかりの美桜と、両親の庇護《ひご》の元で生活の心配などしたことのない同級生とは話もペースも合わない。その場では空気を読んで笑顔でやり過ごしてきたから、こんな時にどう切り出していいのかわからない。

今にも泣き出しそうになっている彼には、大人の事情に振り回される何かがあるのかもしれない。そう思うと生まれてこの方ずっと身近な大人に振り回され通しの美桜は、彼のことを拒む気持ちが失《う》せてしまっていた。

「お姉さん、聞いてくれるんですか」

目の前の美少年はパッと顔を上げ、すぐにふわりと笑みを浮かべた。

周囲の光を集めたような無垢《むく》で愛らしい笑みに美桜は目を細める。

(なんて無邪気な表情の子なんだろう)

自分が彼ほどの年の頃、誰かにこんなに無邪気に笑いかけたことなどない。

いまいち友情なるものを育《はぐく》むことをせず過ごしてしまった美桜は、こんな笑顔を向けられて戸惑いを覚えた。

ふわっと重力を感じさせない軽さで美桜の隣に座った少年が、キュッと肩をすくめて美桜に「ありがとう」なんて可愛く笑いかける。

(ひ～! なんて美少年!)

男性に対しても免疫のない美桜は思わず視線を逸《そ》らせて俯《うつむ》いてしまったが、少年はゆっくりと話し始めた。

「あの、僕は音羽《おとわ》って言います。実は僕の知り合いがやっているコンビニが、住み込みで働ける人を探しているんです。それで僕、その人のお手伝いをしたくって働いてくれる人を探してたら、お姉さんの声が聞こえて。しかもお姉さんの言う条件に当てはまりそうと思って声をかけてしまったんです」

彼の話に美桜は勢いよく顔を上げる。

礼儀正しい話し方はしっかりとしつけられた印象だが、それ以上に美桜の心に焼き付いたのは、『コンビニ』の一言だった。

「コ、コンビニ!? コンビニで住み込みなの? そんな仕事があるの?」

聞き返す美桜の声は一瞬で冷静さを失い、思わぬ大きな声が出た。

コンビニ——それは街の癒《い》やしステーション。二十四時間営業、つまり働く時間は選び放題。その上、最大の問題点である住居問題を一発解決してしまう住み込み付き。まさに願ってもないバイト先！

それにあわよくば賞味期限切れで廃棄処分になる予定のお弁当やおにぎり、その他スイーツにパン諸々《もろもろ》を安価で譲ってもらえるかもしれない……夢の食生活、食費節約生活が叶うワンダーランド。働く時間の調整をすれば、大学との両立も可能だろう。

地味な人間でも遺憾なく能力を発揮できる職場。これぞ心の聖地ではないか！

（この願ってもない好条件！　私、騙されてない？）

心臓がドキドキと早鐘を打つ。まるでずっと探し求めていた愛《いと》しい人に会えたかのように。二十年間生きてきて、ここまで胸が高鳴ったのは初めての経験だ。

逸《はや》る胸を押さえながら、もしや彼は困り果てた自分に遣わされた、神様からのお使いではないのかとそんなことまで考えてしまう。

息を飲んだまま言葉を失っている美桜の様子に、音羽と名乗った少年がまた不安そうな表情になる。

「あの……やっぱり住み込みはダメですか？　さっき住むところって聞こえた気がしたんですが」

「言った、言った、言いました。すごく言いました！　本当に住み込みできるの？　バイトなのに？」

「え……っと……バイト、はい、住み込みです」

返事に若干タイムラグがあった気がしたが、大事なのは住み込みのコンビニバイトであることだ。騙されたとしても一見の価値はあるだろう。

まるで獲物を見つけた野生の獣のように眼鏡も瞳《ひとみ》もギラリと光る。

「なんて素晴らしい条件！　音羽君だったっけ？　お願いします。その仕事を私に紹介してください。いきなりで申し訳ないんだけど、今から面接に行けないかな？　今すぐに！」

音羽の話にがっつりと食らいついた美桜に、彼はニコリと、いや、どちらかといえばニヤリと微笑んだ。

「もちろんすぐに紹介するよ。早速今から行ってみよう。こっちだよ、さぁおいでよ、お姉さん」

立ち上がった音羽は、歌うように、さえずるように上機嫌で美桜を誘う。愛らしい口元が弧を描くと、まるで天使の微笑みのように美しい。

ふわりと一陣の風が吹き抜け、音羽の白いシャツを膨らませた。一瞬、彼が鳥になって大きく羽を広げたような錯覚に陥る。そして美桜の背中を、さあ行きなさいと、強く押し出した気がした。

それが美桜の人生で、大きな大きな変化の始まりだと、その時は知る由もなく、彼女は期待に瞳を輝かせながら一歩を踏み出した。

＊＊＊

先ほどまで美桜がいた高台の公園からまだいくらか坂を登り、真新しい洒落《しやれ》た家々が並ぶ住宅街をさらに奥に進むと、目的のコンビニが見えてきた。

（あ……少し変わった外観のコンビニだ）

夕日に反射する青い看板には、急須をかたどったような今まで見たことのないマークが描かれている。そして店舗の外観は、甘味処と言われても頷《うなず》けそうな和のテイストが漂っている。

瓦屋根に木枠の窓、短い薄青の暖簾《のれん》が掛けられ、その奥には朱色の鳥居まで見えている。

初めて見るタイプのコンビニだが、最近はコンビニにも個性を打ち出す店も増えてきているので、ここは和をコンセプトにした店舗なのかもしれない。

（よかった、騙されてなくて）

よもや騙されて怪しげな店に連れて行かれやしないかと考えて音羽の後ろをついて歩い

ていた美桜は、安堵《あんど》の吐息をこぼす。

最初に感じた危険な警報が間違いであったことにホッとする。

まだ宅地開発の途中なのか、区画の整えられた家々の外れにあるこのコンビニの裏には神社でもあるのか鳥居と大きな木々が茂る森が残されている。そのおかげか、コンビニの周囲は涼やかな空気に囲まれているような気がする。

音羽に続いてコンビニの前に立つ。木枠の洒落《しゃれ》た自動ドアが開くと同時に「いらっしゃいませ～」といくらか間延びした声をかけてくれたのは、青と白のストライプの制服を着た小柄で小太りの若い男性店員だった。

彼は音羽と美桜の姿を認めるや、すぐにハッとして人の良さそうな丸い目を大きく見開きながら少年に問いかけた。

「音羽君、もしかしてその人は」

「そう、ようやく見つけたの。白依《しらより》様、気に入ってくれるかなぁ」

いくらか弾んでいる声は、小鳥のさえずりのようで聞いている美桜の心も弾みそうになる。そう、住み込みコンビニの仕事がありがたくて。

ニコリと愛らしい笑みの音羽が華奢《きゃしゃ》な指でレジ後ろのドアを指さす。

「お姉さんはそこの扉を開けて、中の椅子に座って待ってて。すぐに白依様においで願うからね。ちゃんと気に入ってもらえるように面接頑張ってね！」

音羽が「白依様」と呼んでいるのがこのコンビニの店主かオーナーか、とにかく彼の知り合いで、店員を探している人なのだろう。

(相手に様をつけるなんて、よほど音羽君はその人を尊敬しているのかな)

声をかけてきた店員がカウンターを跳ね上げ、扉を開いて入るように促してくれる。今の時間、店員は一人しかいないのだろうか。つまり、この時間に働ける人を探しているのかもしれないと当たりをつける。

(うんうん良い感じ。この時間なら講義が終わってから丁度良さそう)

弾む気持ちを抑えながらぐるりと店内を見回した。

外観と同じく店内も和のテイストが感じられる。木をふんだんに使っていることで落ち着きのある空間となっており、広めのイートインスペースに設置させた椅子や机も木製で、席ごとの間も十分な距離をとって配置され、ゆっくり過ごせるように作られている。

(すごく素敵な造り。いいな、こんなコンビニも。あ、こっちにはもう一つ扉がある)

通用口などを除けば、普通コンビニの入り口は一つの店が多いが、このコンビニには入り口と対面するようにもう一つ扉があった。

モールの中やビジネスビルの中のコンビニではどちらからでも入ることができるような造りの店もあるが、この店の場合、後ろは森であったし、道も入り口側にしかない。それなのになぜここに扉があるのか気になった。

（あ、もしかしたら開発途中で、これから反対側にも道ができる計画があるのかも）

周囲がまだまだ開発中の住宅地であることを思えば、それを見越して扉を反対側にも設置したのかもしれない。

なるほどね、と納得しながら美桜は頭を下げつつ跳ね上げたカウンターを通ろうとした。

だがその瞬間、ふわっと何かが手の甲を触れた。

「え？」

慌てて手を引っ込めたが、カウンターの上には手に触れるような物は何もない。

募金箱やお金を置くトレー、ついで買いを狙った一口チョコが並べられているくらいだ。

（あれ？　気のせいか）

確かに何かふわっとしたものが触れた気がしたが、違っていたようだ。

緊張しているのかもしれない。こんな好条件のバイトは逃せないと、自分でも気がつかないうちにプレッシャーを与えていたのだろう。

「すみません、じゃあ失礼します」

気を取り直しカウンターを通り抜けた時、ガーッと音を立てて森側の扉が開いた。

「え、こっちの扉も開くの!?」

まだ使われていないと勝手に思っていただけに、思わず声が出てしまったが、開いた扉から誰かが入ってくることもなく、扉の向こうは夜のように暗く何も見通せない。

「な、なんで開いたの……」

扉の奥の暗さと相まってかなり不気味に感じてしまう。勝手に開いた扉は、また勝手に閉じて何事もなかったように元通りだ。

「さあさあ、奥の部屋にどうぞどうぞ」

美桜の不穏な様子に気がついていないのか、先ほどの小太りの店員が奥に入るように明るく勧めてくれたので、美桜はいくらか気になりながらも、カウンターの中にある扉を開いた。

中はいわゆるバックヤードと呼ばれる事務所のような所を想像していた美桜は、度肝を抜かれた。

「なにここ!?」

なんと部屋の中は畳が敷き詰められており、中央には木目の立派な一枚板のテーブルが存在感を放ちながら鎮座している。壁際には昭和時代の小学校にありそうな木製のロッカーが並べられ、隅には服を掛けるための衣紋掛けが置いてあるが、今は何も掛けられていない。壁際に置かれた低い机の上のパソコンがひどく場違いだった。

「裏まで和風にこだわっているなんて、本当にすごい！　これ……靴は脱いで上がればいいのかな？」

戸惑いつつ部屋に上がった美桜は机の前に座り、手提げの中からいくらか皺《しわ》の寄った履歴書を取り出す。

いつでも面接に行けるようにとバイトを断られ返却された履歴書を持ち歩いていて良かった。

(でも明日《あした》から住み込みさせてもらうのってさすがに無理かな……)

美桜はドキドキしながら履歴書の皺を伸ばしていると、足下でカサカサッと小さな音がした。

「やだ！　これって飲食店系にいてはならないあの虫がいるんじゃないの？」

急いで机の下を覗《のぞ》き込んだがそれらしき黒い姿は見つからない。

見つからないどころか、畳の上も部屋の隅にも埃《ほこり》一つなく綺麗《きれい》に掃除されている。

客からは見えない店の裏側というものは汚れていることも多いが、この店では見えない裏側まできちんと掃除が行き届いているようだ。感心すべきところだが、なぜか今はこの過剰な綺麗さが気になった。

「なんか……ちょっと不思議」

先ほどから魚の小骨が喉《のど》に刺さっているような小さな違和感がぬぐえずにいて、どうにも落ち着かない。

ソワソワとしていると扉がガチャリと開かれ、先ほどの少年、音羽が入って来て美桜に可愛い笑顔を向けた。

「店主の白依様がすぐに面接してくれるって、光栄だね！」

それからすぐに振り返り呼びかけた。

「白依様、どうぞお出ましを」

（光栄？　お出まし？）

先ほどから音羽の言葉が気になるが、いよいよ面接だと美桜は緊張の面持ちで背筋を伸ばす。

バイトは初めてではないけれど、コンビニは未経験なので雇ってもらえるのか不安になってくる。しかしここが最後の砦《とりで》、石にかじりついてでも雇ってもらうしかない。

そう意気込んでいたが、音羽に続いて扉から姿を現した相手を見て、美桜は声を上げそうになった。

わずかの音もさせずに静かに部屋に入ってきた相手は、今まで見たこともない驚くほど美しい男性だったのだ。

すらりとした肢体とたたずまいはどこか高貴で上品。涼やかな目元も閉じられた唇も作り物のように整っている。しかも彼は長い髪を高い位置で一つに結っているのだが、その髪は艶《つや》やかな白銀。一見白髪に見えるのだが、光が当たるとキラキラと輝き、白雪のように鮮やかになる。

こんな人は見たことない。

釘付《くぎづ》けになるとは、まさにこのこと。目を逸《そ》らすことができず、美桜は動きの全てを止めて彼の姿を見つめ続ける。

音羽の美少年ぶりにも驚いたが、それを上回る圧倒的な美しさだ。しかも彼は、コンビニの中だというのに和服を着ているのだ。

白い和服の上に青と白のコンビニストライプの羽織を羽織っている。

(コ……コスプレ?)

和を追求してこのようなスタイルになったのだろうか。

ほとんど音もなく向かいの椅子に腰掛けたその人は、呆気《あっけ》にとられている美桜を一瞥《いちべつ》して「ほう」と小さく声をこぼし、それからゆっくりと問いかけてきた。

「そなた、年は」

穏やかで深みのある声は、心を落ち着かせると同時に気軽に返事をしてはならないような不思議な力を持っており、彼の容姿と相まって荘厳だ。

しばし返事ができずにいる美桜に、音羽がクスッと小さく笑った。

「畏《おそ》れ入らずに白依様の問いかけに答えていいんだよ」

(いや、畏れ入るとかじゃなくて! 気になることが多すぎて!!)

和服のことや美しすぎる銀髪、それに話し方も気になる。

だが今は面接中。祭りかコスプレかはわからないが、今は彼の姿を気にしてはならない時であろう。

腹をくくった美桜は面接に集中すべく頭を深々と下げる。

「私は神崎美桜、今年二十歳になります。現在は星南《せいなん》大学の法学部に通っています」

「現役の女子大生か。それはさぞかしアィが得意だろう」

「アィ？」

意味のわからない言葉に首を傾げそうになったが、すぐに次の質問が投げかけられ意識はそちらに向かう。

「料理はできるのか？」

「料理ですか？」

コンビニなのに料理が必要なのだろうか？

だがすぐに美桜は思い至る。

（ああ、フライとかおでんとか、そういうことね）

うんうんと二度頷《うなず》いてから美桜は淀《よど》みなく答える。

「はい、もちろんできます。どんな食材でも料理に仕上げることが趣味の一つでもあります。あと掃除も得意です」

さりげなく掃除もアピールしておく。コンビニでは掃除も大事な仕事の一つだろうし、できないよりはできた方が有利だろうとの意識が働いた。

さらに父子家庭だったので大体の家事はこなせますと継ぎ足して告げると、相手、つまり白依は軽く頷いた。

「それは上々。では我が元での同居のことは音羽より聞いておるな？」

（同居？　住み込みのことだよね？）

見た目も口調も変わっているが言い回しも独特だ。外見のせいだけではなくどこか浮世離れした雰囲気の白依は、今まで接したことのないタイプの相手で戸惑う。

しかしこのバイトをなんとしてでも手に入れないと、明日にはホームレスまっしぐらだから美桜は真摯《しんし》に答える。

「はい、住み込みのことは聞いています。私にとっても助かる話なのでぜひお願いします」

「なるほど、では鬼や異界といったものは怖くないか？　覚悟はあるか？」

「はい、え？　…………はい？」

急にこの人は何を言い出したのかと数秒沈黙した美桜だったが、すぐに考える。

（ああ、鬼は鬼のように怒るお客さんのことで、異界は異世界から来たような意味不明なクレームをつけるお客さんのことかな）

コンビニには多種多様な客が来る。理不尽なクレームをつける人だって、酔っ払いだって、他にも困った人が来ることも少なくないことは想像に難くない。それに対する覚悟の問いかけだろうと、彼の言わんとしていることを考えながら美桜は深く頷く。

「その辺りは覚悟しています。私ももう帰る家はないので、覚悟を決めています」

しっかりとした口調で美桜が告げた途端、白依は切れ長の瞳《ひとみ》を開いた。

「ふむ……そこまでの覚悟をしてきているのか。家に戻らぬ覚悟までしているとは、なんとも見上げた娘だ。申し分ない、契約いたそう」

「契約、ということは採用ですか？」

「そういうことだ。早速……音羽、契約書をここへ」

（これだけの面接でいきなり採用なの？　まあコンビニはそんな感じなのかも。でも良かった……これで当面の住居は確保できた）

音羽と出会ってからまだ数十分。トントン拍子に進みすぎて怖いほどだが、今の美桜にはこの好条件に飛びつかないなんてことは考えられない。

住み込み、夜勤バイト、廃棄用お弁当の数々……

先ほどまでの絶体絶命感からすれば、逆転ホームランの気分だ。

「はい、契約書だよ」

音羽が机の上に一枚の紙を広げたのだが、それは美桜の知っている契約書とは趣が一風変わっている。

目の前にあるのは、通常使われる普通紙の契約書ではなく、和紙で作られた横長の紙で、まるで巻物のよう。そこに書き込まれているのは細い筆で流水のような文字。それは美桜には解読不能の文字だった。

（ここまでコンセプトに徹底しなくても！　だいたいなんて書いてあるか全然読めないし！）

困惑しながら目を上げる。

「すみません、これが契約書ですか？　全然読めないのですが……」

「うん、読めなくても大丈夫。問題ないから。ねえ、左手の小指を出して」

すぐ隣で弾んだ声音で言いながら音羽は美桜の左手首をつかむ。

「いいえ、契約書は読まないと問題が……え、小指？」

「そう、小指。すぐに済むからね」

言うと同時にピッと小さな鋭い痛みが指先を走った。痛みを追いかけるように一筋の赤いラインが指先に浮かび上がり、それが自分の血だと気がつくまで数秒を要した。

「え？　ちょ……何？」

驚く美桜にかまいもせず、音羽は契約書の一カ所をトントンと叩《たた》く。

そこにはいつの間に書かれたのか、『神崎美桜』と自分の名前がくっきりと墨で記されている。

「さあ、ここにその指を置いて」

「え、でも内容を確認してからじゃないと……」

「ほらぁ、早く早く。乾いちゃうでしょ。ねえ、ここに押さないと契約できないよ？」

トントンと再度契約書を指先で叩く音羽に急《せ》かされた美桜は、(そっか、これで契約しなきゃ住居も仕事もないんだった)と気がつき、慌てて血の滲《にじ》んだ指先を名前に重なるように押しつけた。

名前の最後、『桜』の文字の上に、規則正しく丸を描く指紋が写し取られる。

「これって……」

まるで『血判』みたい、と口の中で呟《つぶや》く。

高校の日本史の資料集でみた一揆《いっき》の訴状に押されているやつと同じだ。資料の写真では、黒い指紋でしかなかったが、目の前の自分の指紋は鮮やかな赤色をしていた。

「美桜と書くのか。美しい桜とは、とても良い名だ」

契約書の美桜の名前を見つめながら白依が満足そうに瞬《まばた》きをする。

自分には華やかすぎる名前が昔から恥ずかしくて、白依の美しい唇から告げられた褒め言葉に居た堪《たま》れず俯《うつむ》く。

落ちた視線がとらえた指先の傷は、すでに血を止め傷も見えない。それが不思議で何度も角度を変えて指先を見つめるが、やがてハッとする。

(違う！　不思議に思うのはそこじゃない。印鑑だって用意しているのに、有無を言わせず血判を押させるって、どういうこと？)

思わず押してしまったが、いくらなんでも印鑑ではないなんておかしくないだろうかと、ここに至ってようやく様々な違和感がムクムクと頭をもたげる。更に一番大切なことを聞いていないことに気がついて美桜は顔を上げ白依に問いかけた。

「あの、時給はいくらですか？　あと家賃も毎月いくら必要でしょうか」

何よりもこれを聞いておかなければならなかった。それによって今後の生活の計画が大きく変わってしまう。

コンビニなのでそれほど高給は期待していないが、住居費がべらぼうに高ければ赤字になって元も子もない。この辺りは最近開発された住宅街で、家賃の相場としては高くも安くもなく適度なラインのはずだが、コンビニのバイト代だけでまかなえるかどうかが重要だ。

意気込んで問いかけた美桜に、白依はさも意外なことを聞いてくると言わんばかりの顔つきをした。

「時給？　家賃？　それはなんのことか」

「なんのって……お店でバイトする時の時給と、寮費というか、住み込みですので家賃、要りますよね？」

（もしかして家賃が無料《ただ》という超絶優良物件なんてことは……ないよね？）

チラリとそんな都合の良いことを思い浮かべた美桜に、白依が静かな声で意外なことを尋ねてきた。

「まさか……店で働くつもりか？　コンビニで？」

「はい、働くつもりですが？」

「なぜ働く？　必要がない」

「？？？　いえいえ、働かないとお金が入りませんから」

「美桜、そなたの生活ならば契約した以上、我が全て見る。働く必要などない」

そこまで話が進んだ時点で美桜はようやく話がかみ合っていないことに気がつく。

「あの……住み込みありのコンビニバイトの面接ですよね？」

「いいや、我の嫁探しの面接だが？　だから家賃など必要ない。美桜は我が嫁になり我と共に住み、我の世話をするのだからな」

「え…………嫁？」

「そう、嫁だ。たった今我の嫁になる契約をした。血の証《あかし》も押しただろう」

「よ……め？　契約？」

ふと視線を落とせば、契約書の最後に記された己の名前の上にくっきりと血判の印が。

(うん、血の証は、確かにある)

しかしこれはコンビニで働くための契約だったはずだ。

何かどこかでとんでもない相違が起こっているらしいが、混乱している美桜には、どう話せばいいのか見当もつかない。

(冷静に、冷静に。こんな時こそ思考を乱したらダメ。掛け違えたボタンは端から掛けなおすのが鉄則よ)

事の発端を作った音羽へと顔を向ける。

「コンビニで住み込みバイトを募集してる……だよね、音羽君？」

どういうことか説明を求めるように目で問えば、彼はニコッと天使の笑顔で右手を振る。

「何も違わないでしょ？『コンビニで』白依様の嫁として『住み込み』で『働いて』もらうんだから。ね、僕は何も間違ったこと言ってないよね？とにかく契約成立おめでとう。これで宿無しじゃなくなったよ。しっかりと白依様のために尽くして働いてね。あ、ついでに僕にも尽くしてもらうからよろしくね」

コンビニで、働く、住み込み……。

確かに彼はそう言った。そしてコンビニで『店員として』働く、とは言っていない。言ってはなかったが、だからといって見知らぬ相手の嫁になるなど、「そうでしたか、わかりました」と受け入れられるはずもない。

これではまるで身売りと同じ、どこぞのお大尽に売られたようなものではないか。

しかも一銭も貰《もら》いもせずに！

「ままま、待ってください！　認識に誤解があったようです。一度契約を待ってください」

急いで白依へと顔を向け、契約中断を願い出る。

こちらを見つめてくる白依の瞳は、とてもエキゾチックで魅惑的な薄茶色をしていて、瞳の中の淡い光の中に吸い込まれてしまいそうになるが、ここで怯《ひる》んではいられない。

「あ、あの、私はコンビニ店員の応募に来ました。嫁の面接ではありません。というより嫁の面接ってなんですか？　そんなことは婚活パーティーでやるものですよね。私は嫁にはなれませんので、店員で採用してください。お願いします」

美桜の主張を黙って聞いていた白依は、切れ長の瞳をわずかに細めただけでさらりとこう告げた。

「神と交わした契約は誓約《うけい》と申し、取り消すことはできぬ。美桜よ、そなたは我が嫁になるしかない」

「………神？」

また意味不明な言葉が出てきた。神、紙、髪、蟹《かに》……色々な文字が美桜の脳内を瞬時に駆け巡る。

白依が首を軽く傾げ不思議そうに瞬きをした。

「音羽から聞いておらぬのか？　我はこの地でこの世とあの世の境を守る土地神ぞ。名は白依。ゆえあってこのコンビニを経営している」

土地神様がコンビニを？　ゆえって何？

（いやいや、食いつくところはそこではない！）

と慌てて美桜は相手を見つめる。

確かに服装、雰囲気、言動とどれをとっても浮き世離れしているが、目の前でいきなり神様と言われて即座に納得する人などいないだろう。

(ないない、絶対に神様とかではない!)

何か新しい宗教の関係かもしれない。やはり年端もいかない少年の持ち込む話にセーフティーゾーンなどありえなかったのだ。危ない大人が後ろにいるかと疑ったが、もっと危なそうな大人がいた!

これは関わってはいけないタイプの人たちのようだと素早く判断した美桜は頭を下げた。

「ごめんなさい。この話はなかったことにしてください。住み込みも残り弁当も非常に心残りではありますがご縁がなかったということで」

「もう契約は終わった。そなたとは縁が結ばれたのだから、なかったことにはできぬ」

落ち着いているが重々しさを感じさせる白依の声に美桜は首を横に振る。

「ですからそれは誤解であって――」

「お姉さん、てか美桜だっけ。指、見てみなよ」

美桜の言葉を遮った音羽がニヤニヤと笑いながら美桜の手を指さしている。引かれるように自分の手を見た美桜が、「わっ!」と声を上げたのも仕方のないことだろう。

先ほど血判を押した左手の小指の根元に、赤と白の二本の糸が絡まり、その先はずっとどこかに続いている。

「なに、これ？」

グイと手を持ち上げれば、糸も一緒に持ち上がり、その行方をたどると――チラリと想像した通り、白依の小指に繋《つな》がっていた。

「ま……まさかこれは……」

呆然《ぼうぜん》とする美桜に、白依が静かに説明をする。

「小指は約束の指。血の証で神と結ばれたゆえ、我と運命の糸で繋がった。これは契約が終了するまで離れることはない」

運命の赤い糸、なんて伝説を小学生の頃、同級生の女子がはしゃぎながらしゃべっていたことを覚えている。しかし恋愛沙汰《ざた》など一切興味がなかった美桜は、そんなもの見た人なんていないのに、なんて彼女たちとは距離を置いて冷めた目で見ていたのに。

「いやいや、ちょっと、うそ……でしょう？」

まさか自分が見た人になってしまうとは想定外もすぎる。

何かからくりがあるはずだと、糸を指からはずそうとしたが、それは結び目もなければ重さも感じず、どこから巻かれてどこで終わるのかもわからない。白依の指と同じ糸で結ばれているようだが、いくらたぐり寄せても彼の指に行き着くこともない。

どうやら物理的な距離などに影響されない不可思議な糸のようだ。

こんな非現実なことがあり得るはずはない！

美桜はブンブンと頭を幾度か振ってから毅然《きぜん》として言い放つ。

「と、とにかく失礼します。労働契約はクーリングオフ適用外ですが、これは労働条件が明示されておりませんから即解除できるはずなので契約破棄します！」

このままここにいると洗脳されてしまうかもしれない。赤い糸を少し信じかけているのがその証拠だと、美桜は急いで立ち上がり逃げ出すことにした。が、すぐにその場に膝《ひざ》をついてしまう。

「……え？　どうして……？」

足に力が全く入らない。急に体中から空気が抜けてしまったようで、腕を上げることさえ億劫《おっくう》なほど全身が倦怠感《けんたいかん》に覆われて今にも倒れ伏してしまいそうになっていた。

「あ～あ、契約を破ろうとすると神に背いたと見なされちゃうよ～。そんな罪深い人間は生気を失うことになっているのに、よく契約破棄する気になれるよね」

やれやれとでも言いそうな暢気《のんき》な音羽の言葉に、「そんなこと聞いてない！」と盛大に文句を言ってやりたいが、口を開くことさえできない。

「ねえ、ここで生気を失って死ぬか、それとも白依様との契約を続行するか、どっちがいい？」

ニコッと顔を覗《のぞ》き込んでくる可愛い笑顔の音羽を、なけなしの力を振り絞り睨《にら》みつけてから、「け……けい……やく……」と蚊の鳴くような声で切れ切れに告げる。

「白依様、契約成立です！　良かったですね、ようやくカモが……嫁が手に入りましたよ！」

音羽の声と同時に体に血が巡りだし、新鮮な空気が胸に満ちた。

ううっと小さく唸《うな》った美桜は机を支えにしてのろのろと立ち上がると、大きく深呼吸をしてからバンと机を叩《たた》いた。

「これはもうパワハラですから！　本当に死ぬかと思ったわ！」

「本当に死ぬよ？　当然でしょ。神様との契約を破るなんて大罪を犯すんだからさ。ちなみに赤い糸は血の契約だよ。また破ろうとしたらそこから血を全部吸い上げるからね」

サラリと言いのける音羽に、美桜の眉《まゆ》は跳ね上がる。

「ほぼだまし討ちじゃないの！　しかもさっきカモって言ったの聞き逃してないからね！」

こんなに感情を露《あら》わにするのはいつ以来だろうか。とにかく怒るという感覚さえ忘れていたのに言わずにはいられなかった。

「美桜よ、何か誤解があったのならば申し訳ない。しかし誓約は成立している。その運命の糸は美桜の命を我に預けた証なのだ」

（いや、落ち着いた声で言われても、命を預けた覚えなどないんですが！）

反論したくても、なぜか白依には音羽のように簡単に言い返せる雰囲気ではない。

グッと言いたいことを飲み込み、美桜は手を掲げて己の小指に絡まる糸を睨んだ。

「赤い糸がこんなに物騒なものだとは思いもしなかったわ。これ、孫悟空《そんごくう》の頭の輪っかみたいなものなのね……。これはどうしたら外れるの？」

「契約が終わるまでは外れぬ。どこにいても我とそなたは糸で結ばれている」

「そんな……。あれ？　契約が終わるまでってことは、契約が終了することがあるんですか？　嫁なのに？」

「人間の掟《おきて》はよくわからぬが、互いに了承すれば夫婦《めおと》でなくなることができると聞いているが、違うのか？」

「もちろん離婚はありですが。ええっと、ではどうすれば契約が終了するんですか？」

「この契約書を読まぬまま血の証を押したのだな」

読むも読まぬも、契約書が出てきた時点で読めないと申し立てたのに、急《せ》かされ気がつけば半ば無条件に押さされていた。まあ美桜もこの仕事を逃してなるものかとの下心があったのでそれを拒みはしなかったが。

しかし契約期間がある嫁とは一体なんなのだろうと思案を巡らしてみる。

確かに最近は結婚が永久就職などと言われなくなっている。期間限定の嫁契約があってもおかしくないのかもしれない。元々このような適当な面接で嫁探しなどとおかしいと思ったが、それは有期契約だったからかもしれないと、一人頷《うなず》く。

机の上の契約書を手に取った白依が、とある一点を指し示す。長くて白い指先が墨書きされた文字を追うが、流れるような達筆な文字はやはり美桜には読みこなせなかった。

それに気づいたのか、白依がゆっくりと読み上げてくれる。

「人の持つ『愛』を学び理解するまで、契約者は我が妻となり我に仕えることとする。つまり」

「つまり？」

「我が愛を知り、理解するまでそなたの契約は終わらぬ」

「愛、ですか？」

「そうだ、愛だ。我はそのような感情が理解できておらぬ。しかし理解せぬことには我は戻れぬ。ゆえに美桜は我が妻となり、我に愛を教えよ」

面接の時も『アイ』がなんとかと言っていたが、それはこのことだったのか？

白依は相当誤解しているのか、こんなことを続けて言う。

「女子大生ならば皆、恋愛などかなり手慣れたものであろう。ゆえに愛を教えることも簡単であろう？」

「どういう理由でそんなことを思ったんですか？　女子大生にもピンからキリまでいますよ」

どうやら白依は常々店のイートインコーナーに来る客を観察していて、女子高生や女子大生が恋愛話をしているのを見て、女子大生ならば恋愛に長《た》けているだろうと考えたようだ。それで音羽に女子大生の嫁候補を探すよう命じたのだと白依は話した。

「ああ、よりによって私を選ぶなんて、それはもうこれ以上ないほどのハズレです」

思わず白依に同情が湧いてしまう。

女子大生でひとくくりにされて選んだ結果が自分で大変申し訳ない。

美桜は恋愛に全く興味がない。ないと言うよりは避けてきたし、こんな超絶美形の相手が地味一色の自分だなんて不釣り合いも甚だしい。

病気がちな母の入院中でも、すぐに人の話を信じ借金を重ね、挙げ句には趣味の店を始めるだの投資をするだなどと言う、いい加減な父を見て育った美桜にとって、『知識とお金は裏切らない、一人で生きることこそ身を守る最高の鎧《よろい》だ』というモットーががっしりと身の内に根付いている。

それに周囲の恋愛事情を見ていると、大変コストパフォーマンスが悪そうで、ハイリスクノーリターンにしか感じられない。勉強なら、すればするほどリターンは大きいし、将来の生涯所得にも大変有意義になる。

ゆえにとても申し訳ないが、自分は役立たずだと思われる。そう美桜が告げると、白依はちょっとだけ首を傾げた。

「つまり……美桜は女子大生なのに『愛』に疎いと、そういうことなのか？」

「言われてみれば美桜、地味だよね～。あー、本当に地味だったわ」

声をかけてきた当人がそんなことをのたまった。

大学に通う女子だから女子大生で間違いはないが、美桜は残念な方の女子大生なのだ。

「とにかく私には――」

無理です、ともう一度力説しようとしたところで、ふと考える。

（ちょっと待って、少し冷静に考えよう。今これを断ったら住居を失い、結局大学は休学か辞めるかになる。これは最も避けたいパターンだよね。しかも真偽はわからないけど死にかけるし。で、一旦《いったん》ここで相手の条件を受け入れれば、住居と大学の確保が両立する。これはかなり願ってもないパターンじゃない？　ただ問題点は嫁。これ一言に尽きるけれど、バイトとしてならばこれ以上の好条件はない。結局『愛』なるものさえ教えれば、嫁ということにこだわる必要はないかもしれない。この人？　神？　も嫁の定義がよくわかってなさそうだし……）

脳内で様々な考えが交錯する。

静かに座る白依が神様かどうかはまだ信じてはいないけれど、重さを感じさせないたたずまいや人間離れした美貌《びぼう》、更には浮き世離れした空気感は神様らしくもあり、それに世間擦れしているとは思えない。それならば上手《うま》く交渉して仕事を確保できないだろうかと美桜は前向きに考えた。

「わかりました。縁が結ばれた今、ウダウダと言っても仕方ないですよね。私には『愛』というのはよくわからないので、できる範囲内で努力はしてみます。その代わり店で仕事をさせてください。もちろん時給制で。あ、できればレクチャー代金を含めて相場の二割増しで検討をお願いします」

ピースサインのように指を二本立てて言い放った美桜に、白依が目を大きく開く。

二割増しは欲張り過ぎたかなと、肩をすくめかけたが白依はコクリと頷いた。

「そうか、ようやく心定めたか。では美桜よ、これより我に『愛』を教えるがいい。我は何をすればよいかな」

「交渉、聞いていました？　二割増し時給、認めてくれるんですよね？」

「仕事もしたいとは、なんと働き者だ。我は良き嫁を見つけたようだ。美桜、我と店によくよく尽くすがよい」

（ちゃんと聞いてるのかな、条件のこと）

一抹の不安を抱えながら、やけに感動している白依から机に置きっぱなしにしたままの履歴書へと視線を落とす。

神様のコンビニでは人間の履歴書は不要の物だったようだと仕舞おうとしたが、素早く白依の手が伸びて奪っていった。

「ほう、身上書《しんじょうしょ》まで持参しているとは、なんとも用意の良いこと。これは預からせてもらおう」

「身上書じゃない、履歴書ですからね！」

期限付きの嫁、やるしかない。住む場所と食事とお金のために。

意気込む美桜の横で、「結構がめつい交渉するなあ」と音羽が溜息《ためいき》をこぼしつつ、一言、とんでもないことを言った。

「言い忘れていたけれど、このコンビニ、『狭間世《はざまよ》のコンビニ』だから。死者や鬼や異界の者も買い物に来るから気をつけてね」

最後にハートマークでも付きそうな可愛い口調と笑顔。しかし内容がとんでもなかった気がする。

どうぞ聞き間違いであってくれと願いながら美桜は呟《つぶや》く。

「は……はざまよ？　死者？　お、鬼？」

「音羽、何も教えずに連れてきたのか？」

美桜の硬直した様子に白依が小さく嘆息すると、音羽は美桜へ向ける笑顔を深める。

「大丈夫、先に聞くのも後で聞くのも大した違いはないよね、美桜」

てへっと可愛く無邪気に音羽が事も無げに笑う。

「大した違いありまくりですけど！」

そんな重要なことは事前に教えておくべきだ！　重要事項の説明不足、これは完全に労働基準法の違反に相当する。まあ、だからといって切羽詰まった状況の中、今更これ以上の好条件はないし受け入れるしかないのだろうが……。

信じる、信じないはとにかく今は措《お》いておくとして、普通でない事態が我が身に起きていることだけは覚悟しておかなくてはならないようだ。

眼鏡を押し上げて気持ちを整えた美桜に、白依が独特の声音でゆっくりと言った。

「美桜よ、教えておく。この店は此岸《しがん》と彼岸、つまりこの世とあの世の間、狭間にあるコンビニで、あの世からも色々な者たちが店に来るのだ。あちらのものたちに深く関わらぬよう気をつけよ。特に子鬼たちはイタズラ好きなのだ」

「あの世とこの世……色々な……モノ？　子鬼？」

次々出てくる不穏なキーワードに、啞然《あぜん》としつつ呟きだけをこぼすことしかできない。

「でも鬼も異界にも恐れない覚悟があるって、さっき自分で言ってたよね。だから大丈夫。全然問題ないよ」

ね〜、と顔色を失っている美桜の顔を覗《のぞ》き込んで笑う。

天使の笑みを浮かべる小悪魔が音羽の本性なのだと、気がついたが後の祭り。

すでに契約を交わしてしまい、そして覚悟をしてしまった美桜の、世にも不思議な『狭間世のコンビニ』で、仕事と神様との同居が始まることが決定したのだった。

第二章

最初に声を掛けてくれた時には、間違いなく人間だった。

見間違いではない、確実に人間だったのに！

「いらっしゃいませ〜」

いくらか間延びした声は、最初にかけられた声と同じだ。

契約の一騒動を終え幾ばくかの覚悟を決めバックヤードの部屋から店に出てみれば、先ほどレジの中にいた小柄な小太りの男性店員の頭が禿《は》げていた。

もう少し正確に伝えるならば、頭頂部がつるつると皿のごとく輝き、周囲には毛が生え、顔や腕は緑色で背中には……。

(甲羅、だよね？　あの人、絶対にあれだわ。キュウリが好物のあれだよね)

凝視する視線の先に気がついた音羽《おとわ》が口元をキュッと引き上げた。

「神と縁を結んだから、美桜《みお》にも見えるようになったでしょ？　ここで働く店員はほぼ異界の者、あやかしって呼ばれる者たちだから。大したことじゃないけど、これも言い忘れていたね」

「言い忘れで済ませる!?」

音羽は軽く言って笑うが、変化していたのは彼だけではない。

さっきまで誰もいなかった店内はおしゃべりをする客で溢《あふ》れており、ワッと大きな声が響いている。

天井にはコウモリらしきものがぶら下がっているし、ずるずるしたスライムのような物が床を這《は》って美桜の足に近づいてくる。

「いやあ! なんか来た! これ……全部大したことですから!」

これを大したことじゃないと笑う音羽にはもっと文句を言いたいところだが、これ以上言ったところでどうせ取り合ってもらえないだろうと、そのまま大きな息を吐き出すことしかできなかった。

「もう……なんでもいいわ」

「そうそう、細かいことは気にしないでさっさと美桜の荷物取りに行こう。タクシー待たせているからさ」

「全く細かいことじゃないけどね」

諦《あきら》めの吐息の後、よく見ればコンビニの店内にいる客が獣っぽい顔立ちをしていたり、やけに強めのアフロヘアの人がいることに気が付いた。しかもそのアフロヘアの頂点には突起物らしきものが見えている。

（もしかしなくても……あれっておとぎ話に出てくるやつだよね？　でもスーツ着ているのはなぜ？　虎のパンツじゃないから、見間違いかな……）

どうかあのアフロの中の突起が見間違いでありますようにと願いながら美桜は音羽の背中を追う。

今見た客たちのことは頭から打ち消し、少しだけ心を弾ませる。なぜなら美桜の荷物を取りに行くためにと、白依《しらより》がタクシーを頼んでくれたからだ。

タクシーには全く縁がなかった。少々遠くても庶民の味方、自転車があればどこにでも行けたし、雨が降ってもレインコートさえあれば自由自在。

タクシーとは、どこかのお大尽が使う贅沢品《ぜいたくひん》。庶民に許されざる乗り物。

それが美桜の認識だから、タクシーに乗れると聞いてワクワクする気持ちがわき上がる。

（ほんの少し前までは明日をも知れぬ身だったのに、それがタクシーだなんて！）

セレブになった気分で店の前に出て、そしてすぐにガックリと膝《ひざ》をついた。

想像を遥《はる》かに飛び越え、とてつもなく個性的なタクシーだったからだ。

「見たことのない感じと言うか……すごく威圧感のある個性的なデザインって言えばいいの？　車輪のあたりが衝撃的なほど燃えているように見えるけど」

「大丈夫、火車《かしゃ》は地獄に向かう時だけしかあの火を燃やさないからさ」

「地獄にって……でも今現在、とっても燃えているけれど!?」

「本当だね。今日はサービスかな？」

どうやら店の前で待機している『タクシー』と呼ばれるものは、火車と呼ばれるあやかし的な何からしい。

見た目は牛車《ぎっしゃ》に似ているが、牛ではなく黒猫らしき生き物が二本足で立ち、紺色の法被にねじりハチマキ姿でこちらを見ている。しかし一番特徴的なのは、その乗り物の大きな車輪部分が炎で包まれていることだろう。

黒猫らしきものがキュッと目を細め小さな牙《きば》を見せて笑う。首から上は（ハチマキを除けば）愛らしい猫そのものだ。ニャーオと愛らしい声で鳴き出しそうなのに……。

「ちーっす！　まいどご贔屓《ひいき》あざーす。火車のクロスケでござんす。今日は白依様のご依頼ですんで、いっちょ張り切りやして、盛大に火を燃やしておりやす。ささ、姐《あね》さん、音羽様、お乗りくださんせ」

見た目とのギャップが大きすぎる口調で一気にまくし立てた猫――自己紹介ではクロスケ――に急《せ》かされて美桜と音羽は火車に乗り込む。

車輪は盛大に燃えているのに、不思議に近づいても熱くはなく、中に置かれた椅子には緋毛氈《ひもうせん》が敷かれ、かなり快適に整えられていた。

怖《お》ず怖《お》ずと乗り込んだが、内装も座り心地も悪くない。

「い、意外と快適なんだ」

ゴトンと一つ揺れてからは滑るように走り始める火車の中で、美桜は緊張して背筋を伸ばした。

「外から見たら普通のタクシーにしか見えないから、何かあればクロスケを呼んで使ってやってよ。あ、支払いはうちのコンビニに置いてある猫缶だよ。距離に比例して猫缶の数が増えるんだ」

報酬が猫缶だなんて、やっぱり猫なんだ、とそんなところに感心してしまう。

ほんの一時間前までは、こんなモノたちがいるなんて想像したこともなかったのに、すでに状況をいくらか受け入れ始めている。

何度も解きなおした数学の問題のように、今、目の前にあるのが最適解だ。他に解はないのだからと、受け入れる覚悟を決めた。

いや、本心ではまだ受け入れ準備は整っていないけれど、損得で考えれば、「否定しても益はない」と、そこに行き着いた美桜は受け入れる心積もりを決めたのだった。

「ねえ、音羽君。色々と言いたいことはあるけれど、ホームレスまっしぐらのところ、助けてくれてありがとう。声をかけてくれて助かりました」

「しっかり白依様に尽くしてよね、ぞんざいな扱いをしたら生きたまま火だるまにして地獄に送っちゃうから。それからクビにしてあげる。あ、クビっていうのは本当に首だけにしちゃうってことだからね」

フフフと可愛らしく脅してくる音羽に、やはりお礼を言うのは早まったのかもしれないと口をつぐんだ。

＊＊＊

それほど荷物は多くない。生活に必要な物は白依が準備をしてくれているらしいので身の回り品だけをまとめる。

借金の返済に充てるために電化製品も家具もあらかた売り払い、本が一箱分、服なんて必要最小限しかなく、旅行鞄一つにまとまってしまう。古くなった布団や鍋《なべ》などは大家さんが捨ててくれると言うので置いてきた。だから荷物の運び出しなどあっという間に終わる。

寂しいほどあっけなく空っぽになった部屋をぐるりと見回す。

いざ出て行くとなると、ボロアパートでさえ心引かれるものだ。

父と二人、大した家財も荷物もなく質素な暮らしをしてきたけれど、それなりに染みついた思い出があるし、自分がここを出てしまえば、唯一の肉親である父との繋《つな》がりも切れてしまうような気がして、少しだけ後ろ髪を引かれた。

「美桜、まだぁ？　待ちくたびれたよ」

向かいに住む大家のおばさんに鍵《かぎ》を返し挨拶《あいさつ》をしている美桜の背後から音羽が声をかけてきた。

「おや、これまた可愛らしい男の子だね。まさかあの子と一緒に住むのかい？」

音羽に顔を向けたおばさんが興味深げにニヤニヤと笑う。

「いえいえ、住み込みバイト先の店長の……親戚《しんせき》の子、です」

そう言いながら、そういえば音羽と白依の関係はなんなのだろうと首を傾げる。

大家さんの「本当に？」なんて疑わし気な眼差《まなざ》しを無視して、美桜は連絡先の紙を手渡した。

「もし父が帰ってきたら、私はここで働いていると伝えてください」

勝手に出て行ってしまった父だけれど、いつか借金が整理できれば戻ってきてくれるだろうし、その時に自分の行き先が不明では困るだろう。

連絡先の紙切れを見つめながら大家のおばさんはいくらか困ったような表情を見せた。

「美桜ちゃんにはさ、可哀想なことだって思ってんのよ、これでも。でもねほら、借金取りの怖い人たちが押しかけてくるじゃない？　うちは古いからただでさえ入居者確保が難しいから、ああいうのは困るのよね」

父が失踪《しっそう》してからというもの、家に借金の取り立てが何度も来ては罵《ば》り詈雑言《ぞうごん》を喚《わめ》き散らしご近所さんに多大な迷惑を掛けてしまっている。

だからほとんど猶予なしで家を追い出されてしまったことには、美桜自身も納得の上だった。

バカな父親のせいで大家さんにも本当に申し訳ないことをしている。

「こっちが迷惑をかけてしまっていたのに、お気遣いありがとうございます。むしろ家賃待ってもらったりおかずを分けてもらったり、大家さんのおかげで私は生き延びてきたと思ってます。本当にありがとうございました」

深々と頭を下げると、大家さんは目を潤ませて美桜の肩を叩《たた》いた。

「嫌だわ、そんな風に言われたら泣いちゃいそうになるじゃないの。お父さんのこともあるし、時々顔を出して元気な姿を見せに来なさいよ」

ずずっと鼻をすすり、それから泣き笑いを見せる。

「ごめんね、美桜ちゃん。でも安心した、住む場所が見つかって。本当に良かった。私が退去してって言ったくせにね、住む場所が見つかるかずっと気になってたのよ」

最後は堪《こら》えきれなかった涙が大家さんの目からこぼれ落ちた。

「大家さん……」

表で出会えば挨拶はもちろん交わしていたし、美桜がまだ中学生の時には時々おかずを作りすぎたからとお裾《すそ》分《わ》けをしてくれていたこともあったが、それほど深く付き合いがあったわけではなかった。

それなのにこんなに美桜のことを気に掛けてくれていて、自分のために涙まで流してくれるとは予想外だった。

人から気遣われていたことに、出ていく間際で気が付くなんてどれほど外に感情のアンテナを向けていなかったことか。

きっとこれまでもたくさんの人から自覚のないままに気遣いを受けてきたのかもしれない。

「今までたくさんお世話になりました」

まだ涙を拭《ぬぐ》い続けている大家さんへと再び深々と頭を下げ、美桜は心から感謝した。

旅行鞄《かばん》と本の詰まった段ボール一箱、たったそれだけを火車に積み込むと、すぐに元来た道を炎の車輪を転がしながらすべるように走り始めた。

(さようなら、お世話になりました)

後ろに流れていくボロアパートに頭を下げると、胸の奥に小さな風が吹いた。

物にも人にも執着を持たない淡泊な性格だと自負してきたのに、こんな感傷的な気持ちになるなんて意外で美桜は少しだけ戸惑う。

親を困らせないように、周囲の視線や感情に振り回されないようにと、心を抑える術《すべ》を幼い頃から身につけてきた美桜は、今胸に湧き上がっている感情の名前を知らない。

わざとその感情から目を逸《そ》らし、美桜は音羽に問いかけた。

「音羽君は店長とはどういう関係なの？」

「店長？　気持ち悪い呼び方しないで白依様って呼んでよね。美桜は白依様の嫁になるんだから、店長って呼ぶのおかしいでしょ」

そうだ、今の一番の懸案事項はその『嫁』というものだった。

「嫁って言うけど……白依様が神様だと仮定して、その神様のお嫁さんは何をするの？」

「神様だってまだ信じてないの？　バカだね美桜は。それに言っておくけどさ、美桜は神様の嫁として選ばれたんじゃない。人間の嫁として選ばれたってこと覚えておいてよね」

「人間の嫁？　でも白依様は、自称神様で私はその嫁になるんだよね？　じゃあ私は神様の嫁ってことにならないの？」

美桜の問いかけに音羽はほんの一瞬口を噤《つぐ》み、それからこう言った。

「今、白依様はとある事情で神様の力の大部分を制限されてしまっていて、体は人と同じ造りになられてしまっているんだ。だから人間の美桜にも白依様の姿は見えたでしょ？　で、美桜は白依様が人でおられる間だけの嫁、つまり人間の嫁ってこと。そして神の力の全てを取り戻すために美桜は一刻も早く白依様に『愛』を教えなきゃいけないの。こんな事情でもなきゃ、人間をあの神聖なお社に入れるわけないじゃん」

いくらか早口で一気に話す音羽の語調からすると、白依のこの現状が不満のようである。

しかし今の話でほんのわずか事情が飲み込めた。

（つまり白依様は今、神の力の大部分を奪われており、元に戻るには『愛』を知る必要があると。それで私はその間だけの期限付きの嫁ってことだったんだ）

なぜ『愛』なのかとか、事情はなんだろうとか、そんなことを詮索《せんさく》するつもりはない。ただ自分の置かれている状況が把握できればそれでいい。

愛なんてものは美桜自身もわからない。ましてやそれを教えるなどどうすればいいのか全く以《もっ》て見当も付かないが、とにかく住居と稼ぎのためにやるしかない。

（何事もやる前から諦《あきら》めない。とにかく『愛』についてのテキストを見つけなきゃ）

自分のやることが見えてくれば努力の方法も見つけられる。

幾分先行きに光が見えた美桜は、火車が到着する頃にはもう気持ちも固まり、気負うことなくコンビニ裏にある立派な鳥居を見上げた。

コンビニのすぐ裏は森になっており、入り口には大きな朱塗りの鳥居と、その先に石造りの長い階段があり、登り切ったその先に古びた祠《ほこら》が見えているが、それは人の目にそう見えているだけ。

鳥居をくぐり抜けた途端に長い階段は消え失《う》せ石畳に姿を変え、古びた祠は一転、大きく立派なお屋敷に変わる。

武家屋敷のような立派な門構え、その奥に見えるのは池や季節の木々のある回遊式庭園、更にその先には豪奢《ごうしゃ》な広い玄関を持つ日本家屋が鎮座している。

貧乏生活二十年。まさかこんな所に住むことになろうとは、人生の運の全てを使い果たしている最中なのだろうか。

「白依様が住まわれているお社だよ。人間は本来入れないんだけど美桜は白依様と縁が結ばれたから特別。だけど常に場違いだって自覚は持っておいてよね。嫁だからって幅をきかせようとしたら、中にいるモノに痛い目に遭わされるかも」

音羽の忠告に美桜は素早く食いつく。

「中にいる……もの？　漢字で書く方の『者』だよね？」

「うん、まあ、モノだよ」

軽く頷《うなず》く音羽が、美桜に向けてニコリと笑みを浮かべる。

キュンとくるほど可愛い音羽の笑顔にもう騙《だま》されはしない。

どうやらここにも未知のモノがいることを確信する。

（まあいいや。ここでお世話になるしかないんだから、もう覚悟は決めた）

美桜は大きく深呼吸してから、音羽に続いてお屋敷に足を踏み込んだ。

「美桜、よう参った。音羽もご苦労だった」

白依が玄関先で迎え入れてくれる。コンビニのストライプの羽織を脱いだ彼の着物姿はとても美しく、緊張を誘うのだが同時にどこか安心感を覚える。

上に立つ者の持つ絶対的な存在感を放つ白依に迎え入れてもらうことが、見知らぬ場所に踏み込もうとする美桜の心細さをぬぐい去る。

「美桜よ、屋敷の中のことはここにいるモノに何でも聞くとよい」

白依が手を広げ指し示した先には、一枚板の立派な衝立《ついたて》の前できちんと正座をした赤と黒の花模様が描かれた着物を着た女性が三つ指をつき頭を下げていた。

「音羽様、お帰りなさいまし」

更に深く頭を下げてから女性は顔を上げた。

妖艶《ようえん》、との言葉が似合う美しい女性だ。

着物の片方の襟には赤の牡丹《ぼたん》、反対の襟元には黒の百合がくっきりと描かれ、色白の彼女の首筋に映える。

緩く結い上げた長い髪の、幾筋かの後れ毛が細い首に流れるように沿っているのが印象的な美女は、美桜に視線を移すとスッと目を細める。やけに冷たい視線に我知らず背筋が伸びた。

「ようこそ美桜様。長月《ながつき》と申しまする。白依様よりお伺いしております。歓迎いたします」

目を細めて微笑んだ彼女は、本当に綺麗《きれい》で見惚《みと》れてしまいそうになる。だがその笑みの中にはこちらに対する冷たさは消えていない。

「長月よ、美桜を部屋に案内するように」

「畏《かしこ》まってございまする」

「では美桜、まずは身の回りを整えるがよい」

美桜の返事を待たずして白依は音もなくスルリと屋敷の奥へと消えていった。その背を見送った音羽が補足をしてくれる。

「さっき自己紹介していたけど、彼女は長月といって白依様の日々のお世話をしているんだ。なんでも聞くといいよ」

「ええ、お世話をする人がいるのなら、どうしてまた嫁なんて貰《もら》おうと思ったのよ」

「え～、だってそれは――」

言いかけた音羽の言葉を遮るように、長月と紹介された着物の女性がくわっと大きく口を開いた。

「あああぁ！　口惜しや、口惜しや！　わらわが人間ではないばかりに、かようなちんくしゃな小娘を白依様に近づけることになろうとは！」

突然の憎悪の叫びに一瞬怯《ひる》みそうになったが、すぐに事情を察する。

「ああ、あやかし系の方なのですね」

これが先ほど言っていた『モノ』のお一人なのだなと美桜は頷いたが、美桜の問いかけがどうやら長月の癇《かん》に障ったようで、彼女はまなじりを引き上げて更にくわっと口を開いた。

「あやかし系とな⁉　なんと失礼な小娘か！　わらわは由緒正しきあやかしのろくろ首じゃ！　人間でないばかりに白依様のお側女《そばめ》になれぬとは、なんとも口惜しきことよ！　こんな下賤《げせん》な小娘をこの屋敷に迎えるなど、悔しくて血の涙がでそうじゃ！」

（全然……全然歓迎してないじゃないの！）

ついさっき歓迎すると言った口で散々罵倒《ばとう》してくる。

歓迎されなさすぎて今すぐここから帰りたくなった。

（まあ、帰る場所はないんだけどね）

さっきボロアパートは引き払ってしまったし、どこにも行くあてなどない。

「あー、僕はここまでよく働いたから後は長月よろしくね～」

面倒臭くなったのか、音羽はヒラヒラと手を振ると背を向けてお屋敷の中へと入っていってしまう。

（ちょ……音羽君！　この状態で放置していく？）

残されたその場には、ツンドラ地帯よりも厳しい冷たい空気が漂っていた。

こんな時はとにかく無駄に口を開いてはいけないと経験上理解している。

何を言っても何をしても、こちらを厭《いと》う相手には気持ちを逆なでするだけだからだ。

口を噤み突っ立ったままの美桜を睨《にら》んでいた長月だが、やがて諦めたように鼻を鳴らした。

「……ふんっ、仕方がない。上がるがいい小娘め。仕方がないからな。お前の部屋へ案内してやろう」

二回も仕方がないと言われながらも、立ち上がって歩き始めた長月を追いかけるように美桜は屋敷へと足を踏み入れた。

磨き上げられた木の廊下、灯《あか》りの灯《とも》された釣灯籠《どうろう》、今にも十二単《じゅにひとえ》で着飾った女性が出てきそうな雰囲気に圧倒されるばかり。シャリシャリと響く長月の衣《きぬ》擦《ず》れの音も風流だ。

「すごいお屋敷ですね」

相手の敵意など忘れて口をついた美桜の言葉に、長月は振り返りくわっと口を開いた。

妖艶な美女だけに、大口を開いて怒ればかなり迫力のある顔になる。

「当然も当然じゃ！　白依様は長きに亘《わた》りこの土地をお守りしている土地神様なのだから な。この程度の屋敷などまだまだ不足でしかない。しかも今は些《さ》細《さい》な事で従三位《じゅさんみ》という素晴らしき神位を取り上げられ神の力も制限されてしもうた。あまつさえあの崇高なお体が人間と同じようにになられてしまっているとは何ともおいたわしや。こんなことにならなければ、このような下賤な人間の小娘などが白依様に近づくこともなかったであろうに、ああ、口惜しや口惜しや！　大体、白依様の嫁などと言うても——」

たった一言に対してひどく長い返事がきた。返事というよりは独り言か。

その独り言は延々と続き、ようやくとある部屋のふすまの前で終わった。

立ち止まった長月に続いて足を止めた美桜に、彼女は振り返りニヤリと笑う。

「ここがお前の部屋だ。せいぜい働くがよい」

すらりとふすまを開けば、そこには様々な物がうずたかく積まれていた。

美桜に与えられた部屋は明らかに物置部屋だった。

ごちゃごちゃと様々な、そして使い道のわからない物が放り込まれた埃《ほこり》の匂いがする部屋。

「お前に似合いの物置部屋じゃ。よいか、嫁などと言われて勘違いせぬように。お前は下働きをするために選ばれただけじゃ。今は人間と同じものを召し上がられる白依様だが、わらわが人間の食事を作ることができぬゆえ、お前ごとき小娘をここに入れただけだと忘れぬようにな」

なるほどそれで、と美桜は納得する。

「ああ、それで料理ができるか聞かれたんだ」

面接の途中で聞かれた不思議な質問も、タネがわかれば納得できる。

長月曰《いわ》く、白依の食事は夜だけの一食なのだが、今まではコンビニの残り物でしばらく過ごしていたが残る弁当も決まってしまっていて、コンビニ弁当に飽きてしまったらしい。

「神様がコンビニ弁当って、なんかすごい。コンビニの無双感がすごいわ」

「ほらほら、荷物の整理が終わったら白依様にご挨拶《あいさつ》へ伺うぞえ。お待たせしないように支度をせよ。嫁だなんだと大きな顔をさせはせぬからな」

こんな部屋に入れられてさぞかし嫁のプライドも打ち砕かれて悔しかろうと、勝ち誇ったように笑う長月だが、美桜はそれほど思ってはいなかった。

美桜自身、嫁という自覚はもちろんない上に、結婚になんの夢など抱いていないから、嫁、妻が特別な地位だとも思っていない。

病弱な母は苦労の末、早く亡くなってしまい、父はろくに家にいたためしがない。いわゆる温かい家庭には縁の遠い美桜にとって、誰かと家庭を持つメリットが考えられない。結婚は相当な暇人が道楽でするものではないかと思っている。

だから物置部屋をあてがわれても、そんなもんだ、住める部屋があるだけでありがたいと、美桜はそそくさと小さな荷物を運び入れ、無事に引っ越しは完了した。

と、思った途端にスパ――――ンと勢いよくふすまが開かれ、着物姿の女の子が駆け込んでくると、美桜に突進して飛びついた。

「なっ!?」

眼鏡が吹っ飛びそうになりあわあわとしている美桜に抱きついたまま、女の子は顔を上げて「きゃー!」と笑いながら叫び、それから言った。

「本当にしらより様の嫁様が来られたですぅ! わーい!」

年の頃は五歳ほどに見える彼女の口調はまだたどたどしさが残り、甲高い声がまた愛らしい。

「ええ？　あの、え？　なに？」

戸惑う美桜にギュッと抱きついている女の子は、顔を上げると満面の笑みを見せた。

「雫《しずく》なのです。雫ちゃんと呼んでくださいです。しずちゃんでもいいですよ！」

「しずちゃん？　ええっと……名前が雫ちゃんってことかな？」

「はいです！」

女の子のサラサラの綺麗な黒髪からは清々《すがすが》しくも微《かす》かに甘い香りが立ち上っている。

赤い着物にふわふわの水色の兵児帯《へこおび》、背中まで真っ直ぐに伸びたストレートの漆黒の髪。

彼女の姿はどこからどう見ても人間の子どもにしか見えないが、もしかしたら彼女も人間ではない可能性があるかもしれないと美桜はいくらか身構える。

「あの、雫ちゃんはなんの――」

あやかしなの？　と聞こうとしたが、問いかけの途中で雫は立ち上がるなり大きな声を出した。

「もぉ――っ！　ようやく来られた嫁様にこんな部屋ダメ！　長月はイジワルですぅ。雫があとで叱っておきますです。嫁様、こっちこっち！　雫、用意して待ってたですよ」

雫は小さな手で美桜の手をつかむとグイグイと引っ張って廊下へと連れ出し、物置部屋からいくらか玄関の方へと戻ったところで振り返る。

「嫁様、お部屋はここに用意したです。じゃじゃん！」

またスパーンとふすまを開け放った。

「うわっ！」

中の部屋の様子に驚きの声を上げたあと、美桜は絶句してしまった。

二十畳ほどの広い部屋の奥の壁には、漆塗りなのか黒光りする床の間に龍の絵の掛け軸が掛けられ、一面に金箔《きんぱく》の貼られた壁にはなにやら豪奢《ごうしゃ》な絵が描かれている。天井は格子状の折り上げ天井になっており、そこにも金箔が施されていた。

部屋の入り口で呆然《ぼうぜん》と立ち尽くしている美桜の様子に満足げに雫が両手を挙げる。

「いいお部屋でしょ？　しらより様から一番のお部屋を用意するようにって雫と長月に言われたですぅ」

「白依様がいい部屋をと、そう言ったの？」

「はいです！　大事な嫁様なのですから当然ですぅ」

「それで長月が用意した一番の部屋があれだったと」

長月にとってあの物置部屋は、降って湧いた白依の嫁という憎い相手に準備した最上の部屋だったのだろう。

しかし白依が部屋のことを気に掛けてくれていたのは予想外だった。

淡々とした様子からして、白依は嫁というものさえ手に入ればいいだけで、相手がどう思おうがどんな環境にあろうが構わないように見えたが、こうして部屋に気を遣ってくれているということは、それなりに嫁としては迎えてくれる心積もりはあるようだ。

そうなると単に部屋と仕事が手に入ったと軽い気持ちでいることにほんの少しだけ罪悪感が生まれてしまった。

（嫁のことなんて全く考えてないのは、やっぱり申し訳ないかな。でも今回の契約は半ば……うぅん、ほぼ騙《だま》され契約なんだから、心の準備ができてなくても仕方ないよね）

「嫁様、感激してる！」

部屋を見つめたまま動かない美桜を、感激のあまり動けないと勘違いした雫はグイッと美桜の腰を押して部屋に押し込む。

「嫁様とお部屋似合ってる！　気に入ったんですね！」

部屋と美桜を見比べ嬉《うれ》しそうに笑う雫には決して言えないけれど、美桜は心の中で突っ込んだ。

（こんなど派手な金の部屋を気に入るのは、金の茶室を作った豊臣秀吉《とよとみひでよし》ぐらいじゃないの？）

これならばさっきの物置部屋の方が今までの生活空間に近いのでよほど落ち着く。

貧乏生活が身にも心にもすっかり染みついている美桜にとっては、不必要な広さも豪華なしつらえも落ち着かないことこの上ない。

「さあ、お部屋に入るですよ。嫁様の荷物は奥の部屋に運んでもらったです」

「奥の部屋？　まだ部屋があるの？」

「四つ部屋があるですよ」

「よ、四つ!?」

この部屋一つでもアパートより広いのに、四つもなんのために必要なのか。

唖然《あぜん》としていると、背後から声をかけられた。

「荷は運び終えたようであるな」

なんの音も気配もなかったのに振り返ればすぐ側に白依が立っていた。少しだけ驚いたが白依のたたずまいを見ていると、音を立てて歩くほうが不自然なような気がして来る。存在感はあるが重力感がないのだ。

「落ち着いたか、美桜」

（いやいや、この部屋でどうやって落ち着けと！）

とは気遣ってくれた白依と部屋を一生懸命用意してくれた雫の手前言うわけにはいかないが、どう考えてもこの部屋で生活をする自分の姿が想像できなかった。

「しらより様ぁ！　雫、用意しましたですぅ」

白依の登場が嬉しいのか、雫はぴょんと跳ねてから奥に続く部屋のふすままで走り寄り、勢いよくふすまを開いた。

「ほう、これは……雫、ご苦労であった」

白依が開かれた奥の部屋を見て目を細めたが、美桜は反対に目をまん丸に見開いた。

「な、な……なんで布団がピッタリと並べられてるの!!」

そこには真っ白な布団が二組、いかにもな雰囲気を出して隙間なく敷かれていた。どこからどう見てもいかがわしさ満点だ。

美桜の叫びに雫はきょとんとした無垢《むく》な表情で首を傾けた。

「だってしょやなのでしょう？　布団が離れていたらおかしいですぅ」

「子どもから初夜なんて単語を聞きたくない！」

推定五歳児の愛らしい雫からとんでもない単語が飛び出し美桜は顔を赤くしつつ白依に詰め寄る。

「どうしてこんな子どもにそんな単語を教えるんですか！　おかしいですよ」

「初夜とはおかしい言葉なのか？」

「おかしいというか、言葉の間違いとかではなくですね、子どもが言う言葉ではないのではと思います」

「なぜ？」

「なぜって、だってその、ほらやっぱりこう大人のなんて言うか……ほら、わかりませんか!? ほら、わかるでしょう?」

恋愛スキル皆無の美桜にとって、初夜という単語を言うことすら恥ずかしいのに、それを子どもに教えるとはとんでもないことのように思える。だが当の白依も雫も何がいけないのかと不思議そうにしている。

「しょやは間違っていたですか? お引っ越しして初めて寝る夜はしょやじゃないのですか?」

「……引っ越しの、初めての夜?」

「はいです。初めて寝る夜をしょやだとしらより様から教えてもらいましたです」

「そう、いう、意味でしたか……」

変に解釈してしまったことが恥ずかしくて美桜は顔から火が出そうだった。

この人たちは人間ではないのだ。言葉が額面通りでないこともあるのかもしれないと、少しでも思い至らず派手に誤解をし一人で憤慨して、本当に恥ずかしくてならない。

(でもこれは誤解しても仕方ないよね? 初夜って聞いたら普通は恥ずかしい方を思うよね?)

言葉を間違えたのかと不安そうになっている雫の前に、美桜はしゃがみ込む。

「ごめんね、雫ちゃんは間違ってないから、大丈夫だよ」

「よかったですぅ! しょやで合ってたですね。しょやでよかった!」

わーいと喜ぶ雫に「初夜、初夜」とやたら言うのは良くないと言おうと思ったが、すぐに諦《あきら》めた。

（まあいいか。そんなに使う言葉じゃないし、それに私には関係ないことだから）

雫の言葉が変であっても、美桜は親でも先生でもないのだから正して導く必要はない。

喜んで使っているのなら、それはそれでいいじゃないかと思った。

「雫ちゃん、用意してくれてありがとう。でもお布団は離しておかせてね」

美桜は片方の布団をズリズリと引っぱって部屋の隅まで運んだ。

「雫は準備を間違ってましたか？」

雫がすぐに顔を曇らせたから、美桜は慌てて言い訳をする。

「違うの、雫ちゃんが間違っているんじゃなくて、ほら、今日はまだ慣れないからお布団は離しておいた方がいいかなって思って。一人の方がよく眠れるかなって」

自分でもめちゃくちゃな言い訳だとわかっているが、他に言いようがなくて取り繕うように笑顔を浮かべた。

だが雫にはこの言い訳でも通じたようで、すぐに「そうなのですね」と明るく笑って納得してくれた。

「では嫁様ぁ、湯殿にご案内するです」

「湯殿ってお風呂《ふろ》のことだよね？　私が最初に入っちゃっていいの？」

「まずは禊《みそ》ぎです。禊ぎはだいじです」

「禊ぎって、とにかく綺麗《きれい》にしてこいってことかな」

白依の口調になれてきた美桜は、普段聞き慣れない言葉にも抵抗感がなくなりつつある。それどころか神様の屋敷ならば身綺麗にする必要があるのかなと考えるまでになっているのは、もう白依が神様ということに疑念を抱かなくなっている証拠かもしれない。

夏の間はガス代を節約するために水風呂で済ませていたのだが、最近はめっきり涼しくなり水風呂ではもう我慢大会の様相になりつつあったので、無料《ただ》でお風呂に入れるのはとてもありがたかった。

「美桜よ、外界の穢れを落としてくるがよい」

身を翻すと静かに白依は奥の方へと歩いて行く。あまりにもあっさりと去って行ってしまったことが、なぜか不安を感じさせる。

(気分を害してしまったのかな？)

あまり表情や声の抑揚のない白依だけに、その感情は読み取れない。

部屋に気を回してくれたのにきちんとお礼も言えていない上に、白依たちにとっては変な意味ではない言葉について詰問するようなことを言ってしまった美桜に、気を悪くしたのかもしれない。

相手の気分を想像してやきもきするなんて、久しぶりのことだった。

(だから嫌なんだよね、誰かと関わるのは)

人の感情ほど移ろいやすく読み取るのが難しいものはないと美桜はいつも思う。

あの子を不快にさせたかも、あの人は喜んでくれているのかな、私はちゃんと仲間の一人にカウントされているのかな……なんて、こちらが慮《おもんぱか》ったとしてもどうしようもないことで心が乱される。これは大変に非効率で生産性がない。人と交わることは面倒が増すことであると、美桜が気が付いたのは小学校の高学年になる前の頃だった。その頃から他人とは一線を画して、人と深入りすることをできるだけ避けるようになった。

そうして二十歳まで生きてきたのに、白依の態度一つで気持ちが乱されてしまったことに苦笑を浮かべる。

いくら年を重ねても、結局人のことが気になり、見ない振りをしていただけの根本は何も変わっていない自分に苦笑した。

「着替え、取ってくるね」

気持ちを切り替えてまずは大事と言われたお風呂に向かおうとした美桜の手を雫が引っぱりながら笑う。

「嫁様の着替えは長月が用意するですから、何もいらないですよ」

「えええええ」

あの長月が用意していると聞かされれば、嫌な予感しかしない。できれば自分の着替えを取っていきたいが、もてなすことに喜びを感じている様子の雫の手を振りほどいてまで、自我を通すのは忍びない。

(まあ一旦《いったん》用意された物を着てからあとで着替えればいいか)

目一杯の不安を抱えつつ脱衣所で服を脱ぎ、風呂の扉を開いた美桜はここでも驚かされる。

「これはお風呂じゃない!」

目前に広がっているのは、いわゆる露天風呂。

和の趣きの庭に岩で作られた湯船からは滾々《こんこん》とお湯が溢《あふ》れ出て辺りに湯気を立ち上らせる。しかも百人くらい一度に入れそうなほど広い湯船で、途中には岩が張り出し、段差では小さな滝が打たせ湯のようになっている。下手をすれば湯船の中で迷子になりそうなほど複雑な形をしている。

美桜はもちろん行ったことはないけれど、高級温泉宿にありそうな立派な露天風呂だった。怖《お》じ気《け》づいてしまいそうになりながら、眼鏡を外した美桜は一歩足を踏み入れる。

「失礼いたします……入りますよ。いいですか?」

この屋敷、どこにどんなモノがいるかわからない。立ち上る湯気で奥までハッキリとは見通せないので一応声をかけたが何も返ってくる気配はない。

「よし大丈夫」

安全を確認した美桜は淡い七色をした良い香りのする石けんで丁寧に髪と体を洗い、広い湯船の隅っこに浸《つ》かる。

　適温のお湯はわずかにぬめりがあり、いくらか甘い香りがして全身が癒《い》やされていく。

「ふわあああ、温かいお風呂ってこんなに気持ちいいんだ」

　昭和の親父のように「極楽、極楽」と思わず声が出そうになる。

　しっとりと肌の内側まで沁《し》み込んで来るような上質の湯は、身も心も溶かしていく。

　今まで住んでいたアパートにも一応古いながら風呂は付いていたが、シャワーなんて洒《しゃ》落《れ》たものはない狭小サイズで、手足を伸ばして入ることなどできない代物だった。

　それに美桜一人のために沸かして入るのはもったいないので、春から秋は半身浴以下の水量での水風呂、冬はヤカンでお湯を沸かし水で温度を調節して髪と体を洗うだけの烏の行水風呂をしていた。

　そのいずれもいかに使う水を少なくできるかを小学生の頃から試行錯誤してきた美桜だけに、この風呂は本当の極楽のように感じられ、ずっとここから出たくないほどだが、そうもいかない。普段湯船に入り慣れていない美桜は、わずかの時間でものぼせそうになっていた。

「危ない危ない。魔の誘惑だわ、これは。気をつけて入らないと」

ほんの数分浸かっただけで風呂を出た美桜の目に飛び込んできたのは、入っている間に長月が用意してくれた着替えだった。

「な、長月さ――ん！　これはないでしょう‼」

情けない声を上げたが後の祭り。さっきまで着ていた服は洗濯にでも出されたのか見当たらない。ここにあるのは長月の用意した服のみ。着る以外に選択肢はない。

「これを……着ろと？」

長月の置いていった服は、なんとミニスカートのセーラー服だったのだ。

つまむように服を広げた美桜は、泣いていいのか笑っていいのか怒るべきなのか迷う。

だいたい、どこからこんなものを調達してきたのだろうか。予想ではボロボロの布袋のような服か、それとも浴衣《ゆかた》のような着物を想像していたが、これは斜め上の予想外だ。

「どうしよう。でもこれしか着る物がない。嫌な予感、ど真ん中で的中したし」

ええい、ままよと勢いに任せてセーラー服を着用する。

二十歳のセーラー服姿は痛々しいが、この際致し方なし。このまま部屋まで全力疾走し、マジシャンの早着替えよろしく愛用の中学ジャージに着替えるしかない。

「どうぞ誰にも会いませんように」

心の底から強く念じつつ廊下へと続く脱衣所の扉に手をかけようとしたが、扉がするすると勝手に開いた。

（自動ドアだったっけ？）と考えたのは一瞬、目の前に白依が立っていた。

「ぬあぁぁぁ！」

なぜここによりによって白依がいるのか！

驚き過ぎて奇妙な叫び声を上げてしまった美桜を白依はじっと見下ろし、それから目を細めた。

「ぐっじょぶ」

「はあ？　ぐっじょぶ？」

「ぐっじょぶとは素晴らしい時に言う言葉だそうだ。と園田《そのだ》から聞いた」

その園田とはどんなあやかしだ。神様に似つかわしくない言葉を教え込むなんて、きっとイタズラ好きのあやかしに違いない。

それにしても白依は心なしか喜んでいるようにみえる。先程は感情が読み取れないと感じたが、そんなこともないのかもしれない。

「しかし共に入ろうと思うたが思いの外早く出てしまっていたのであるな」

「共に!?」

どうやら白依は美桜と一緒に風呂に入るつもりだったようで、先ほどあっさりと去って行ったのは、一緒に入るために戻って行っただけのようだ。

とんでもない発言が白依から飛び出したのを聞き、己の長湯できない体質に感謝する。

あのままのんびりと湯船を満喫していたら、裸のお付き合いをしてしまうところだった。

「だが思わぬよいものが見られた。その着物は素晴らしい。似合《にお》ているぞ美桜」

「素晴らしくないですよ!? 完全にコスプレになってますから」

両手で自分を抱きしめてできるだけセーラー服を隠すが、白依はいたくお気に召したのか、声音が幾分浮ついている。

(白依様にも感情があるんだ)

感心しかけたが、いや待てと我に返る。

セーラー服姿が気に入るなんてどんな神様だ！　普通のサラリーマンだとしてもどん引き要素なのに、それが神様だなんてどん引きどころではない。

さらに追い打ちを掛けるように「眼鏡もよい。美桜に似合う」なんて言う。

(完全に制服メガネっ娘萌《も》え！)

褒め言葉だとしても微塵《みじん》も嬉《うれ》しくない。なぜかヒシヒシと忍び寄る危機感に身震いしてしまう。

この神様は、ヤバい。

その一言が脳内をかけめぐり、美桜は安易に契約に飛びついたことを猛省した。

——甘い話には罠《わな》がある。

身に沁みたはずの格言に偽りなしだと再確認する美桜だった。

＊＊＊

目が覚めるとフカフカの真っ白な布団の上で、自分がどこにいるのかがわからず、しばらく思考を巡らせ、ハッと気が付いて起き上がる。

（そうだ。私、アパートを出て白依様の屋敷に来たんだっけ）

枕元に置かれている眼鏡をかけると頭の中の靄《もや》が徐々に晴れていき、昨日のことを思い出す。

昨晩は風呂を上がった美桜の前に現れた白依に手を引かれ、美桜に宛《あて》がわれた四つの部屋の内で中庭が見える一室に連れてこられてしまった。

そしてこれは大切な固めの杯の儀式だからと、意味もわからぬまま朱塗りの杯で日本酒を飲まされた。

純白の衣を纏《まと》った白依が紫の敷物の上に座ると威厳は嫌でも増し、美しい容貌《ようぼう》と相まって近寄りがたい威光を放つ。その隣には音羽が淡い水色の着物姿で着座していたが、昼間の少年らしい愛らしさは消え、美しい彫り物のような透明感に覆われている。

地味さに自信のある美桜は、その二人と対峙《たいじ》するように座らされ、あまりのいたたまれなさに今すぐ切腹でもしたい気持ちに陥っていた。

(しかもセーラー服のままだし)

着替えることを白依が許してくれなかったのだ。

長月には嬉しそうに笑われるし、雫には「これ可愛い！　雫も着たいですぅ」と憧《あこが》れられ、音羽には白い目で見られてしまうし、まるで公開処刑なみの拷問気分だった。

切実に切腹したい気分で、胃の辺りがキリキリと痛む。

「美桜、庭も見てみなよ。白依様のために木霊《こだま》たちが毎日庭を整えてるんだよ」

カチンコチンに硬直している美桜に音羽が庭を見るように促す。

音羽の言葉に誘われ視線を庭に移すと美桜は溜息《ためいき》を零《こぼ》した。

淡い光に浮かぶ中庭は池を中心として様々な木々が植えられており、春夏秋冬の時季を無視して全ての花が艶《あで》やかに咲き乱れ木々は実をつけていた。中でも真っ白な雪柳が見事で、まるで辺り一面に清浄な雪が降り積もったかのようで美しい。

道ばたや堤防の若葉が開き、花が咲いて実がなれば、それが食べられるか食べられないかでしか草木を見ていなかった美桜は、美しく整えられた庭園に圧倒された。

「綺麗《きれい》……あの枇杷《びわ》は食べ頃で美味《おい》しそう」

「言っておくけど勝手にもぎ取らないでよね。全て白依様のためのものなんだから。食べたりしたら僕が舌に穴開けちゃうよ」

うふっと可愛く肩をすくめる音羽はやはり極上の美少年だ。発言が時々物騒なのが玉に瑕《きず》なのだが。

けれど今のやりとりで美桜の気持ちはかなりほぐれ、雫から手渡された杯《さかずき》を勧められるままに三杯飲み干したのだが、その後からの記憶がない。

「しまった、酔っ払ったのかな」

調子がよくて借金まみれのいい加減な父親だったが、お酒は飲まない人だったから家にお酒は置いてなかった。

大学生になると、クラスの懇親会やコンパなどの名目でお酒を飲む機会は幾度も巡ってきたが、なにぶん美桜はギリギリの生活をしているので、会費を払う余裕はなかったし、また無理をしてまで周囲の人とコミュニケーションを取るつもりもなかったので、そういう席には参加したことがなく、美桜はお酒に縁がなかった。

ゆえに昨晩がほぼ初めての飲酒で、ほんの小さな杯三杯だけで記憶を失ってしまった。

「変なことしなかったかな……すぐに寝たのかな？　そもそも私はどうやって布団にはいったんだろうってわあああ！」

改めて布団に視線を移した美桜は盛大に声を上げてしまった。

昨日離したはずの布団が、なぜか美桜の布団にピタリと寄り添って敷かれ、そこに白依が横たわり眠っていたのだ。

「待って、私……」

急いで己の姿を見下ろしすぐにホッとする。

「セーラー服着ている……よかった……じゃなくて、ずっとセーラー服だったの、私!?」

結局この恥ずかしい姿で一晩過ごしてしまったのかと愕然《がくぜん》としかけたが、もし着替えていたらそれはそれで誰かに着替えさせられたということであり、別の意味で愕然としたことだろう。どうやら特に着衣に乱れもないようで、ただ並んで眠っていただけのようだ。

「ああビックリした。……しかし平然と人の部屋で寝ているけど、神様ってこんなに無防備でいいんだろうか」

心地よさげに眠る白依は警戒心の欠片《かけら》もなく完全なる無防備な状態で、もしも美桜が刺客だったら今頃白依の命はないだろう。

「でも本当に綺麗……」

閉じているからこそ際立つ長いまつげ、整った鼻梁《びりょう》、形のよい顎《あご》、色素の薄い唇。名画の中の美人よりもずっと美しく、人を魅入らせてしまう力がある。

美桜は眠る白依から視線を移せないでいた。

美しい絵画を眼前にした時、足を止めて見入ってしまうのと同じ感覚だ。時間が止まっていると感じるほど、辺りは静かで物音一つしない。

と、不意に白依が目を覚ましゆるりと美桜へと視線を動かした。

急いで目を逸《そ》らそうとした美桜の腕を白依はつかんで引き寄せたから、為《な》す術《すべ》なく美桜は白依の胸へと崩れ落ちる。

寝転がって抱きしめられる形になった美桜は、とんでもなく慌てた。

「白依様！　ムリムリムリ！　この体勢は初心者にはムリ！」

ジタバタともがいてみるが、白依の手は離れそうになく美桜は叫んだ。

「ストップ！　これはアウトです！　五十センチ！　パーソナルスペースとして半径五十センチを要求します。それ以上はハザードエリアになります！」

聞き慣れない単語に意識が向かったのか、白依は腕の力を緩め美桜を解放する。すぐに起き上がった美桜に続いて白依も半身を起こした。

「ぱーそなる？　むむ、それはなんぞ？」

「とにかく五十センチは離れてくださいってことです！　わかりましたか？」

勢いのままに告げた美桜に白依は不思議そうに首を傾げたあと、「よくわからぬが、とにかく美桜が望むのであれば守ろう」と納得してくれた。

案外素直に聞き入れてくれた。安心すると同時に「本当は何もわかってないんじゃないかな？」との不安が湧き上がるが、ここは白依を信用しようと美桜が決意したところに、とんでもない言葉が聞こえてきた。

「昨夜は祝言を終え、こうして初夜も終えた。そなたは完全に我の嫁となった。嫁の言うことを聞き入れるのも夫の役目よの。さあこれでようやく愛を知ることができるのだ」

「しゅう、げん？」

「つつがなく終わり、我も嬉しいぞ」

わずかに上機嫌の白依の前に美桜は手のひらでストップの意思表示をする。

「待ってください。今の発言には色々と異議があります」

「異議とはなんぞ？　申したきことあらば言うがいい」

「申したいことあります！　まず祝言ってなんですか⁉」

「祝言とは、人間の世界では結婚式というものか。なにやら指輪をする儀式があろう、あれのことである」

「祝言の言葉の意味は知っています！　私が言いたいのは、先ほど白依様は祝言を終えたと言いましたが、祝言などした記憶などないと言いたいんですよ！」

祝言の意味を事細かに説明してくれた白依には申し訳ないが、聞きたいのはそこではなかった。

「これは異なことを。昨夜、きちんと三度の杯を飲み干したではないか。あれは契りの杯であり、赤い糸の縁を夫婦の縁に結び直す儀式である」

「三度の杯……って、あれ、固めの杯って言いましたよね？」

「それが祝言の意味である」

（である——じゃないわぁ！　欠片も聞かされていない！）

やけに物々しい雰囲気だと感じていたのは確かで特別感はあったが、まさかあれが祝言、つまり婚礼の儀式だとは誰も思うまい。

百歩譲ってあれが結婚式だとしたら、せめてセーラー服は脱がせていただきたかった。

結婚に期待は何もしていないので、中学ジャージだろうが特売のTシャツだろうが何を着ていても気にしないが、セーラー服だけは着替えたかった。

「祝言の他には何かあるか？」

「あります。これは注意になりますが、人前などで『初夜』というキーワードは出さないでください。白依様たちの使う意味と人間が使う意味が微妙に違いますので、誤解を招きます。……あの、念のためにもう一度確認なんですが、本当に引っ越して初めて寝る、だけの意味ですよね？」

「他にどんな意味が？　人間の使う意味が違うと言うたがどう違うか説明するがいい」

「説明は、ちょっとできかねます」

「なにゆえ？　意味は知っておるのであろう？」

「いえ、あの、知っては……その。まあ、結婚した夫婦が初めて迎える夜という感じです」

「何も違いはない」

「……ですね」

肝心なところをぼやけて伝えるので、きっと何一つ伝わっていないとは思うが、もうそれでいいやと投げやりになってしまった。

「こうして夫婦の縁が結ばれたゆえに美桜にはこれを身につけてもらう」

半身を起こしている白依が懐から取り出したのは、白を基調として淡いいくつかの色糸が絶妙の配色で組み合わされ一つの紐《ひも》になっている、いわゆる組紐と呼ばれる物。現代では着物の帯締めなどに使われている美しい工芸品でもある。

帯締めよりも細身の組紐を、手を伸ばして白依が美桜の首に結ぶ。

上質の絹糸の肌触りは悪くない。金糸銀糸が織り交ぜられた繊細で美しい組紐がチョーカーのように美桜の首元を飾れば、白依は満足そうに頷《うなず》いた。

「我の気を共に織り込んでいるゆえに、我の想いに応じて解《ほど》けていく組紐である」

「想いに応じて解けていく？　組紐が勝手に解けるのですか？」

「我が愛を知り満足すればその紐が解ける。全ての糸が解けるように美桜は我に愛を教えるための妻であり、その紐は妻に贈る首輪である」

「首輪って！　嫁はペットじゃないんですよ。これは外してください」

首に巻かれている組紐をはずそうと指先で結び目を探ってみるがどこにもなさそうだった。

まさか、と美桜は左手の小指に巻き付いている赤い糸を確認してから恐る恐る尋ねる。

「まさかこの紐も……小指の赤い糸と同じような……」

「よくぞ気が付いた。赤い糸は縁が結ばれた証《あかし》。首の紐は夫婦の証。もう解くことはできぬ。精一杯我に愛を教えるよう努めるがよい」

美桜は確信する。

この神様は、酷《ひど》いと。

逃げようとすれば命の危険が迫り、所有物のように首輪を嵌《は》められ、ここには基本的な人権が保障されていない！

しかもコスプレをさせられ風呂《ふろ》には勝手に入ってこようとするし合意なく勝手に祝言を挙げさせられている。

「嫁って絶対にこんなんじゃないはず！」

叫んでみても後の祭り。

赤い糸も組紐の首輪も、契約を終えるまでは外れそうにない。

盛大に零した溜息《ためいき》は、諦めの境地だった。

今は家と時給のために、諸々《もろもろ》のことは飲み込む以外の選択肢がない以上、ここで腹をくくるしかない。

「わかりました。こうなったら徹底的にやるしかないですね。白依様、頑張って愛を知っていきましょう。バイト料金二割増し分、私も頑張ります！」

グッと握り拳《こぶし》を作った美桜の姿に白依はわずかに口元を緩めた。

(あ、柔らかい表情)

一瞬にして美桜の心に白依の表情が焼き付いた。が、すぐに思い直す。

(って、その表情にはだまされないから!)

美しすぎる神様にほだされてしまわぬよう美桜は気を引き締めた。

＊＊＊

美桜は学校へ行く準備を始める前に台所へと向かう。

今夜から白依のために食事を作るのだから、下見をしておきたかったのだ。

かまどや井戸のある台所かもと想像していたが、ちゃんと水道もガスもある普通の台所で安心する。

「かまどはさすがに使えないからよかった」

このガスの火が、果たして本当にガス火なのかはさておき、かまどや井戸ではなかったことに一番に安心してしまう。

「鍋は……ある。フライパンもあるし、包丁やお玉なんかの道具はそこそこ揃っているみたいね」

今夜から本格的に白依の食事を作ることになる美桜は、棚をゴソゴソと探して調理に必要な物を見つけていく。一人分の食事だとどうしても適当になってしまっていたので、気を引き締めながら美桜は台所の確認をしていた。

思いの外調理器具は揃っていたが、味噌や醤油などの調味料が見当たらない。

「学校の帰りに買いだしておこう。経費って白依様にお願いしていいのかな？」

自分以外の誰かに料理を作るのは久しぶりで、美桜は気持ちが明るくなっていた。

そこにひょこっと雫が顔を覗《のぞ》かせて愛らしい声で問いかけてきた。

「あ、嫁様、おはようございます！　しょやも終わったですね」

「おはようございます、雫ちゃん。改めまして今日からよろしくね」

初夜の部分は聞き流し、挨拶を返すと、雫は後ろ手に隠していたものを美桜へと差し出した。

「これ、しらより様から嫁様に。朝ご飯に食べるようにって。雫がもぎって来たですよ」

小さな紅葉のような可愛い両手に、枇杷《びわ》の実が三つ握られていた。

「あ、枇杷」

昨夜、美しい庭を見ながら、ふっくらと実った枇杷が美味《おい》しそうだと呟《つぶや》き、音羽に窘《たしな》められたことを思い出す。

「もしかして白依様……覚えてくれていて？」

「はいです！　嫁様が美味しそうって言っていたのを聞いたそうですよ。食べてください！」

グイッと差し出す小さな手から枇杷を受け取ると、枇杷はほんのり冷えていた。

手で皮をそっと剝《む》けば枇杷の甘い香りが立ち上り、辺りを爽《さわ》やかに清めていくようだった。

一口かじりつけば、口の中にみずみずしい果汁が広がり、よく熟れた甘みがあふれ出す。

（美味しい……それに、嬉《うれ》しい……）

何気なく呟いた言葉を覚えていてくれたことがとても嬉しかった。胸が詰まりそうになる。

じっとこちらを見て反応を伺っている雫に、美桜は笑みを見せた。

「すごく美味しい。これで今日一日頑張れるよ、ありがとう」

そう言うと「きゃー！」と雫は嬉しそうに声を上げてから「嫁様、がっこう、がんばってね」と可愛らしいことを言ってくれた。

その言葉を聞いた途端、今日からはここから学校に通い、帰ってくる。それと強く実感した。

美桜に大学の講義を休む選択肢はない。一コマ当たりで授業料を割り出せば、バカにならない値段になるし、空いた時間は図書館での自習はもちろん、できるだけ多くの専門の授業を選択して公務員試験の対策もしておきたいからだ。

いつもなら大学に行って帰ってくることに特別なことは何もないけれど、今日は朝からずっとソワソワしていた。

なぜならば、帰れば初めてのことがたくさん待っているからだ。

コンビニのバイト、それも初めてのあやかしの接客。それに白依の食事作り。

（あー、白依様の好みとか食べたいものを聞いておけばよかった）

枇杷のお礼にせめて好物を作ってあげたいと思ったのに、何も聞かずに学校に来てしまったことを後悔する。

（ああ、でもコンビニで会えるのかな）

白依がコンビニで働いているのかどうかはまだわからないが、面接の時にはそれっぽい羽織を着ていたので、働いている可能性は高い。

（って、私、朝から白依様のことばっかり考えてる。勉強しなきゃ……）

急いで美桜は教壇へと視線を移し、ノートを取り始めた。

大学から戻ってくるのは早ければ夕方四時半。遅ければ六時を過ぎてしまうが、コンビニバイトは美桜の都合に合わせていいと、かなり融通を利かせてもらえることになっていた。

いくらか予想はしていたけれど、首の組紐は他人からは見えてないようで、誰にも指摘されることはなく無事に講義を終えることができた。

初日の今日は四時半の早めに入ることができたので、忙しい時間になる前に仕事を教えてもらおうと急いで通用口から畳敷きの事務所へ入り、制服をロッカーから取り出していた美桜に、一人の男性が声をかけてきた。

「初めまして、あなたが神崎《かんざき》さんですね」

見た目は四十歳前後の普通の人間の男性に見えるが、ここでは油断ができない。パッと見てあやかしとわかるモノと、音羽や雫のように見た目では判断できないモノがいるのだ。あの二人があやかしなのか違うのかはいまだにわからないが、人間でないことだけは判明している。

得体の知れない男性は、美桜の様子に破顔した。

「すみません、いきなり声をかけたので警戒させてしまいましたね。僕は園田と申します。この店の実質上のオーナーで、主に朝から夕方までいることが多いです」

ちなみに、と彼は笑顔で続ける。

「僕は単なる普通の人間です。美桜さんは僕以外の初めての人間の店員さんなので、嬉しくて。末永くよろしくお願いいたします」

園田が普通の人間であることもだが、このあやかしだらけの不思議な店にオーナーがいるとはどういうことなのか意味がわからない。となると白依はオーナーではなく雇われ店長なのだろうか？

「神崎美桜です。今日から働かせていただきますので、よろしくお願いいたします」

園田の立ち位置や白依との関係はわからないが、まあこの特殊な店に関わるのだから、それぞれに事情があることだけは美桜にも察することができた。だから詳しいことは聞かないことにしておく。

人の事情は人の事情。美桜が知る必要もないし知りたいとも思わない。ただつつがなく働いてお給料がもらえればそれでいい。

「このコンビニは色々あると思いますが、どうか大目に見て楽しく働いてくださいね」

園田は人の良さそうな笑みで優しく話しかけてくれる。言葉や態度の端々に優しい人柄が滲《にじ》み出ていた。

園田との話を終えバックヤードから店に出る。

「あっ美桜おかえり〜。白依様、美桜が帰ってきましたよ」

店内のスイーツコーナー辺りをウロウロとしていた音羽が美桜に気が付きすぐに声をかけてきた。レジの側に立っている白依も美桜を見ている。

「あ、ええと、た、ただいま……」

おかえりと迎えられることもなければ、ただいまと言うこともない生活をしてきた美桜は、「ただいま」と言うことがとても恥ずかしかった。

照明が隈無《くまな》く照らし出す明るい『狭間世《はざまよ》のコンビニ』で、美桜は今日から働き始める。

緊張した顔つきで「ご指導よろしくお願いいたします」と一緒の時間に入るカッパ店員に頭を下げる。

昨日もいたカッパ店員、名前は逆巻《さかまき》と名乗った。緑色の腕や顔に制服の青いストライプが映えて絶妙の違和感を漂わせている。

逆巻の名前の由来は、彼が子どもの頃、増水した逆巻く川でおぼれかかっていたところを白依に助けてもらったところからきているそうで、それ以来、ずっと白依に仕えているそうだ。実に二百年も。

カッパがおぼれかけるのもどうかと思うが、それで逆巻と名付けるのもかなりデリカシーがない気がしたが、本人（本カッパ？）が問題ないのであれば口出しすることではない。

その逆巻は黄色いくちばしを開いて笑った。

「美桜さん、ご指導なんてそんなに構えなくていいんですよ。楽しくやりましょう。仕事は楽しくなければ辛《つら》いだけですからね」

逆巻の親切なことに感動する。

昔話のカッパはイタズラ好きで人間や馬を川に引きずり込むと絵本で読んだが、逆巻はとても親切で口調ものんびりして安心感を与えてくれる。

（良かった、逆巻さんと同じ時間で）

昨日は逆巻の正体にビックリしたが、今は頼れる先輩に見えてくるから人の感情とは不確かなものだ。

「美桜さんはコンビニの仕事は未経験でしたよね？　コンビニは多種多様な仕事がありますので少々面食らうこともあるかと思いますが、まずはレジ作業を覚えていただきますね」

「はい、お願いします」

良い返事をした美桜だが、視線はコンビニ内のあちこちに飛んでいった。

しゃがみ込んでカップ酒を物色している客のアフロ頭にある突起物は、見間違いであれとの願いも虚《むな》しくやはり立派な角で、正体は鬼であることが見て取れるし、なにやら得体の知れない生き物もあちらこちらでうごめいている。

天井には昨日もぶら下がっていたコウモリが数匹ぶら下がり、時々思い出したように首を回す。

（うん、気になる）

極力見ないようにしつつ逆巻からレジの操作を教えてもらっていると、足下にたくさんの色のついた綿埃《わたぼこり》がふわふわと舞った。

「すごい埃がありますよ。すぐに掃除しますね」

急いでモップを取りに行こうとした美桜に、スイーツコーナーから戻って来ていた音羽が冷たく言い放つ。

「美桜、目ぇ悪いの？　よく見なよ。ちゃんと働いてるんだからね」

「働いているって、埃が？」

足下に視線を落としよく見てみれば、カラフルで小さな丸い綿埃には、細い手足とまん丸の小さい目がついており、わさわさと動き回りながら隅の掃除をしている。

「これはね、ケサランパサランという生き物ですよ。うちの大事な働き手ですから踏まないように気をつけてあげてくださいね」

横からのんびりとした口調で逆巻が説明をしてくれる。

「まあ、踏んでもすぐに元に戻るので大丈夫ですけどね。痛くもないらしいですよ」

よく見れば綿埃よりたんぽぽの綿毛に似ており、ほわほわと今にも風に飛ばされそうになりながらせっせと働いている。

「可愛い働き者ですよ」

逆巻がニコリと笑えば頭上の皿も光る。

うごめく謎の生き物も、カラフルなケサランパサランもどちらも気になって仕方ないが、今はとにかく仕事を覚えることが優先だ。

店内の様子の奇妙さはもちろんだが、それ以上に白い着物の上にストライプの羽織を着た白依が独特の存在感を放ってレジの中に立っていることもかなり気になる。

あのスタイルは祭りでもなんでもなくあれが白依の普段の姿らしい。

あちらこちらに集中力を削《そ》がれつつ、逆巻が操作を説明してくれるレジを覗《のぞ》き込む。

「レジの中にある年齢ボタンは大体でいいです。見た目で判断してください。そしてあやかしボタンと死人ボタンがここにあります」

「あやかしと死人のボタン!?」

コンビニのレジには男性女性、十代二十代など客の年齢性別を打ち込むボタンがあるのだが、逆巻の指し示すボタンには、きっちりと『あやかし』『死人』と記されたボタンがある。

「…………わかりました」

あやかしや死人の接客が、どんなものなのかは全く想像がつかないけれど、ここで働く以上は覚悟しなければならないと、それは理解した。

「あやかしたちはあちらの入り口から入ってきますが、あれは『穢《け》の口』と呼ばれてましてあの世に繋《つな》がってますんで、足を踏み入れないようにくれぐれもお気をつけください。あと鬼やあやかしが怖ければアタシが対応しますんで」

美桜を気遣って逆巻が軽く頭を下げたのを見て、美桜は首を横に振る。

「大丈夫です。こうなったらなんでも来いと覚悟してますので」

家も仕事も学校も、どれも与えてくれるこの環境は手放せない。背水の陣で臨んでいるのだから、鬼如きで気後れしてはいられない。屋敷には敵意むき出しのろくろ首もいることだし、もう何があっても驚かない気がしている。

「ところで白依様はいつもレジにいるんですか？」

逆巻に問いかけると、彼はつるりと頭の皿を一撫《な》でして笑う。

「白依様はほぼ毎日ご来臨くださいますよ。主にイートインコーナーを担当されそこで人間観察をされておられるようですが今日はお嫁さんの初仕事ですから特にお気になられているんじゃないでしょうかねえ」

ニヤニヤと笑う逆巻に美桜は目を逸《そ》らす。

「お嫁さんって……。まあそれより、白依様の存在感が強いというか……」

美形でスタイルもよく白銀の髪を持つ白依が目立たないはずがない。

ただし、このコンビニが和のスタイルを押し出しているため、不審に思われるほどではなくなっている。

「ふふふ、実はなかなか人気があるんです、主婦の皆様に。白依様目当てで遠くからわざわざ買いに来て下さるお客さんもいるんですよ」

「あー、なるほどです」

白依を見ることは目の保養になるし、間近で見たければレジに並ぶだろう。

（こういうのを看板娘っていうんだろうな。あ、看板息子か）

コンビニで買うのであれば、どうせならカッコイイ店員さんのいるところで買いたくなるというところか。今も雑誌コーナーで本を物色している一人の女性がチラチラと白依を意識している。

そんな客からすれば白依のすぐ側にいる美桜がまさか嫁などとは思いもしないだろう。その他大勢の彼を引き立たせるためのエキストラにしか見えないはずだ。

「丁度お客さんも少ないですし、レジの他の仕事の説明をもう少ししておきます」

逆巻は手早くレジの説明を終え、他の仕事の説明を始めた。

コンビニの仕事は実に多岐に渡っていて、たくさん覚えることがある。

レジ打ちはもちろん商品の管理に陳列、ホットスナックの調理や管理、店内とトイレの清掃、タバコの銘柄は山ほどあるし、荷物の受け付けや支払いその他諸々《もろもろ》、説明を聞いているだけで目眩《めまい》がしてしまう。

「コンビニってこんなに覚えることがたくさんなんですね」

コンビニのバイトと言えば学生バイトの定番で、もっと楽なイメージがあったがとんでもない。それぞれが分業で販売や取り扱いしているもの全てをコンビニは扱うので、やるべき仕事量は膨大だ。

「わからないこと、困ったことは何でも聞いてください。あと今から休憩に入らせてもらいますが、難しいお客さんが来た時はアタシが対応しますから遠慮なく呼んでください」

あやかしもきちんと休憩はとるようだ。

とても優しい逆巻のおかげで、なんとかやっていけそうな気がした。それにレジ操作にまだ慣れない美桜の隣で、ケサランパサランが数匹ササッとやってきては、ふわふわの体から出ている細い手で商品の大きさに合うレジ袋を取り出したり、ストローやお箸《はし》を出してくれたり、美桜には聞き慣れないタバコの銘柄を探す手伝いをしてくれた。

とんでもなく有能な助っ人が目一杯働いてくれる。

面接の時に手に触れたのはこのケサランパサランだったようだ。人には見えないので、レジの周りをテテテと走っていても誰も気に留めない。

床をずるずると這《は》い回る得体の知れないモノは、通った後がピカピカになっているので、彼(?)は彼で掃除を担当しているのかもしれない。

「みんな、なんて有能な助っ人なの！　ありがとう」

それに比べて白依も音羽もそこにいるだけで何一つ仕事をしてくれない。

美桜は客がいなくなった時を見計らい聞いてみた。

「白依様はお仕事しないのですか？　逆巻さん、二つのレジを往《い》き来して忙しそうですけど」

「神はここに存在するのみ」

「あー、いえ、そういう概念的なことを聞いているのではなくてですね、神様って仕事しないんですか？　ついでに音羽君も仕事しないんですか？」

「我の務めは土地を守ることと愛を知ること。今はあの食事をするところで人々の話すのを日々聞き見守っている」

「つまり人の話を聞いているだけで、コンビニの仕事をしないってことですね。音羽君に至っては商品のスイーツを勝手に食べているだけだし」

音羽はレジの後ろに椅子を置いて、美味《おい》しそうに新商品の黒蜜《くろみつ》きなこもちシュークリームを食べている。誰がこんな和洋折衷のお菓子を開発するのか、そしてなぜ売れると思ったのかぜひ聞いてみたい。

「なるほど、美桜は良いところに気がつく。確かに我はコンビニでの仕事をしておらぬな」

うむ、と一つ頷《うなず》いた白依が、ゴソゴソとレジの横からセルフサービス用のコーヒーの紙コップを一つ取り出した。

「よし、我も仕事をしよう。あれは見ていて気になっておったからな」

心なしかソワソワしているようにも見える白依の、手の中の紙コップに嫌な予感が走る。

「白依様？　もしかしてコーヒーの機械を触るつもりではないで――わぁぁぁ！」

それはセルフサービスだから仕事じゃない、と言う暇もなく、白依がポチッとボタンを押した。Sサイズのコップを置いてLサイズのボタンを。

びしゃびしゃと入りきらないコーヒーが溢《あふ》れるのを「おお」と感心しながら白依が掬《すく》おうとしたのか、手を差し出したから美桜は叫んだ。

「火傷《やけど》します！」

駆け寄るやすぐに白依の手をつかんだが、跳ねたコーヒーが美桜の手にも飛び散る。

「熱っ！　白依様、大丈夫ですか!?　手を見せてください！」

急いで白依の手を見ると、コーヒーの当たったところが赤くなっていた。

「手が痛ぃ」

「それ火傷してますよ！」

「ほう、これが火傷か。なるほどヒリヒリとするな」

「落ち着いている場合じゃないです！　すぐに冷やしましょう」

慌てる美桜に反比例したように、白依は落ち着いた所作でこぼれまくった後のコーヒーカップを手に取る。

「うむ、うまく入ったようだ」

「それ入ってない！　そのコップを置いてこっちに来てください」

強引に白依の手を取り流し台へと連れて行き勢いよく水を出す。

「しばらく冷やしてください。火傷はすぐに冷やすことで後の症状が楽になりますから」

今でこそ料理も難なくできる美桜だが、小学生の頃には慣れない火の扱いにしょっちゅう火傷をしていたから、引きつるような火傷の痛みは想像に難くない。幼い自分が体験した、初めての火傷の痛みを思い出してしまい美桜は軽く眉《まゆ》を寄せた。

「まだ痛みますか？」

「少し。美桜も腕が赤い」

白依に指摘された自分の腕を見て苦笑する。

「私は慣れてますから大丈夫です。少々の火傷は日常茶飯事なので。でも慣れていない白依様にとってはとても痛いでしょうね」

先ほどの白依の態度から察するに神様は火傷や怪我をしないのだろうか。火傷は初めての体験のような口ぶりだったが、もしも今まで痛みと無縁でいたのであれば、きっとこの火傷はかなり痛みを伴うだろう。

「少しでも痛みが和らぐようによく冷やしてください。あとは薬を塗って……って神様も普通に人間の薬でいいのかな？」

心配そうにしている美桜をしばらく見つめていた白依が、ほう、と小さな吐息をこぼし、美桜に握られている自分の手に視線を移す。

「なぜ美桜はそれほどまでに我の痛みを気にかける？　大丈夫と言ったがやはり美桜も火傷が痛むのか？」

「いえ、私は痛くないです」

「ならば何故かように我の痛みを気にする？」

心底不思議そうに白依は美桜を見つめる。人を魅了する力のある白依の瞳《ひとみ》に真っ直ぐ見つめられて美桜は顔を伏せた。

「そ……別に気に掛けているわけじゃなくて、火傷の痛みは経験したことがあるから、きっと痛いだろうなって、そう思うじゃないですか」

「なるほど。己の経験から相手の痛みを推し量るのだな。だが美桜の感じた痛みと我の感じる痛みは必ずしも同等であると言えるであろうか。それは推し量れるものであろうか」

首を傾げた白依に美桜は思わず言い放つ。

「想像ですよ、想像。痛いだろうな、悲しいだろうな、楽しいだろうなとか、全く同じでなくても相手のことを思って想像するんです」

「それはなんという気持ちであろうか？　それは愛なのか？」

「え？　いや、ええっと……、愛？　んんん、いや、愛ではないと思います」

急に問いかけられ一瞬だけ返事に迷ったけれど、全く知らない相手が怪我をしても痛そうだと思うし、事故や事件で知らない人が被害者になっていれば可哀想だと思うことから考えて、これは決して愛ではないと結論づけた。

美桜の返事を聞き、白依は軽く肩を落としたように見える。

「そうか……まだ愛ではないのか。では美桜は我を愛しているから気にかけているのではないのだな」

「……ご本人を目の前にして言い辛《づら》いですが、愛とは関係ないです。ああそれより薬どうしよう。人間の薬でもいいですか？」

　二人のやりとりをシュークリームを頬張りながら見ていた音羽がおもむろに鼻で笑った。

「神様に人間が使うような薬を使おうなんて、バカじゃないの美桜は。古来神の薬と言えば清らかなる水って決まってるでしょ。だから綺麗《きれい》な水が一番の薬なの」

「でもこれ水道水だよ？　清らかって言われるとちょっとどうかな」

「鳥居の中の手水舎《ちょうずや》の水か雫《しずく》を呼んでくるか……」

「あ、ペットボトルの水なら天然水っぽいから大丈夫じゃない？」

「その方が早いか。じゃあ僕取ってくる」

　音羽は飲み物の並ぶ冷蔵庫へ向かい、バカッと扉を開くや水のペットボトル二リットルを二本抱えて戻ってきた。

「音羽君、それちゃんとレジにつけておいてね。あと二本もいるかな」

「え、三本じゃ足りないでしょ。ついでに御身拭《おみぬぐ》いもされて清浄になっていただこうと思うんだから、十本でも足りないでしょ」

　平然と告げる音羽の中には、これが売り物だという感覚は全くないのだろう。

　このコンビニにある商品がまるで自分の家の物のように振る舞う音羽に美桜は頭を抱え、溜息《ためいき》交じりに説明を試みる。

「音羽君、お店に並んでいる物は全て商品だからね。食べたり飲んだりしたら支払いが発生するの。お店の品物はお客さんに売るための物で音羽君の物じゃないからね。とりあえず二本だけでいいから、お水、開けてくれる？　早く冷やさないと」

「支払いって、この僕が？　信じられないこと言うね、美桜は」

予想もしないことを言われたとばかりに音羽は目を丸くし、それからペットボトルの蓋《ふた》を開けて水を手渡してくれた。

この際、音羽の発言は後回しにして、とにかく白依の手当を優先させる。

「ありがとう。白依様、改めてお水をかけますね。冷蔵庫で冷やされていたから冷たいと思いますが我慢してください」

「うむ、承知した」

ゆっくりと白依の赤みのある腕に水を流していく。天然水と水道水の違いがわかるほどの舌を持たない美桜には、どれほどの違いが出るのかは半信半疑だったが、今は少しでも白依が良くなるよう願うしかない。そう考えている美桜の背に、音羽はさらりと言った。

「じゃあ支払いは美桜がしておいてね」

「え？　私が？」

驚いて振り返ったので、水がバシャッと勢いよく飛び出して美桜の手にもかかる。

「わ、すごく冷たい！　白依様、大丈夫ですか？」

「問題ない。痛みが引いてきたと思う」

「それなら良かったです」

やはりペットボトルの水は水道水よりもいいのかもしれない。もしくはかなり冷えた水を使ったので痛みが和らいだのだろうか。

（でもやっぱり神様なら清涼な水が一番いいんだろうな……今朝の枇杷もすごく甘くて水水しかったのは神様の……）

そこまで考えて、美桜は「ああ！」と大声を上げた。

「何、びっくりした。急に大声出して。僕、まだ取ってないからね！」

新しいスイーツを物色するためにスイーツコーナーに向かっていた音羽が驚いて振り返る。

「違うの、お礼を忘れてたの。白依様、お礼が遅くなってしまったんですが、朝は枇杷をありがとうございました」

そう、帰ったら一番にお礼を言おうと思っていたのに、初仕事で緊張していてすっかり忘れてしまっていた。

「本当に美味しかったです。あと……嬉《うれ》しかったです」

美桜が頭を下げると、白依は軽く首を傾げて尋ねた。

「美味しいはわかるが、嬉しい、はなぜだ？」

「私が言ったことを覚えてくれていたことが、嬉しかったんです」

「そうか、忘れぬことが嬉しいのであるか」

ふむふむ、と頷く白依がどこか子どものようにみえてしまう。

きっとこうして白依は一つ一つ、人間の感情を学んでいっているのだろう。

「ねえねえ、ところで白依様の手は大丈夫なの？」

美桜と白依の間に割って入るように音羽が顔を突っ込んでくる。手にはもう次のスイーツが握られている。

「手は問題ないように思える。美桜のおかげだ」

「美桜、美桜って……水を取ってきたの、僕だからね」

まるでご主人様に構ってほしい猫のように音羽はグイグイと二人の間に入ってきて、それから美桜に向かって唇を尖《とが》らせてみせた。

「白依様は何もしなくても尊いお方なのに、働かせようとしたのは美桜なんだから、何かあったら美桜のせいだよ」

ぷうっと頬を膨らませる様はとても可愛らしく、どんなわがままを言っても許せそうな愛らしさがあったが、美桜は彼の顔を見ることはできなかった。

――「美桜のせい」

不意に音羽から投げつけられ、美桜は呼吸が止まる。

その言葉は美桜の中で一番痛い言葉だ。

白依の手をもう少し冷やそうと思うのに、体が凍り付いたように動かなかった。

休憩に入っていた逆巻が裏から顔を出した。

「どうしました？　何かありましたか？」

問いかけに一番に反応したのは音羽で、手にはもう次のスイーツが握られている。

「白依様が火傷をされてしまったから冷やしているんだよ」

「それはおいたわしいことです。今は人と同じ体になられているので、怪我もなさるのですねえ。気をつけなければ。……でもアタシが気になったのは美桜さんの方です。様子がおかしいように見受けましたが、どうかされましたか？」

逆巻が動きを止めたままの美桜の顔を覗《のぞ》き込んでくる。

目の前に大きくつぶらな丸い瞳と黄色いくちばしが現れ、驚いた拍子にフッと呼吸が戻ってくる。

ふううう、と大きな息を吐き出してから、「なんでもありません」と無理矢理に笑みを浮かべたが、上手《うま》く笑えた自信はなかった。

胸の奥に小さな小さな棘《とげ》があって、それは時折思い出したように美桜の心をひっかいてくる。棘は小さいくせにとても鋭くて、一度引っかかれると、しばらくはジワジワと血がしみ出すような痛みを与えてくる。

きっとこれが罰だと言われるものだろうか。

幼い頃から何度も繰り返しこの痛みに遭ってきたけれど、二十歳を過ぎた今でもまだ痛みが和らぐことはない。きっと死ぬまで続くだろう。

(人間から感情全てがなくなればいいのに。もしくは何があっても何も感じないロボットのように私がなれたら楽なのに)

この痛みに触れる度にそんな益体《やくたい》もないことを考えてしまう。

「美桜さん、白依様の怪我は大丈夫そうですが……まだ顔色が優れませんね。お疲れになったんでしょう。裏から見ていても気になりましたよ」

「いえ、私は大丈夫です。気にしないでください。んん？　裏にいても顔が見えたんですか？」

「そりゃあ、防犯カメラが隈無《くまな》く映し出してますからね。死角のない優秀な防犯カメラです」

逆巻が自慢げに水かきのある手で天井を指さすので、つられて上を向くと「あっ」と声を出してしまった。

そこにはコウモリがぶら下がり、時々首を回している。

「まさかの防犯カメラ!?　機械だったなんて！」

「いえ、生きていますよ。ねえ、コウモリの皆さん」

逆巻の呼びかけに呼応して天井にいた数匹のコウモリがくるっと顔をこちらに向け「キ

キッ！」と鳴き、片目を閉じてウィンクをした。

「えっ？　あのコウモリもあやかし？」

「はい。お名前は黒豆《くろまめ》さん、黒瓜《くろうり》さん、黒茄子《くろなす》さんです。お見知りおきを」

逆巻が一匹ずつ丁寧に紹介してくれたので、美桜も頭を下げて挨拶をする。

コウモリを詳しく見たことはなかったけれど、不気味なイメージかと思いきや、案外大きな瞳と少し上向いた鼻は愛嬌《あいきょう》があって可愛い。

「そうだ、今気になっているのはコウモリの感想じゃなかった。カメラじゃないのにどうやって映像を送ってるの!?　目が改造されているの？」

「いえいえ、よく見てください」

逆巻が満面の笑みでくちばしをカチカチ鳴らしている。

眼鏡を押し上げ目を細めよくよく見てみると、額に小さなカメラが取り付けられていた。

（あれじゃまるで盗撮……いや、何も言うまい。ここでは常識なんて通用しないんだから、見て見ぬふりをするべきだ）

「わかりました？　あれはアタシが作ったんですよ。とある電気街に行くとそういった物を専門的に扱っている店で色々な機械やパーツが売ってましてね、改造って楽しいんですよぉ」

（だからそれ盗撮の……何も言うまい……）

突っ込みたいところをグッと堪《こら》えた。そこに立て続けに人間の客が入ってきたので美桜はレジの仕事に取りかかる。その内の一人の老人は和風のイートインコーナーで買ったばかりの肉まんを食べ始めた。

「疲れているのなら屋敷へ帰るがいい」

接客を終えた美桜の顔を白依が覗き込んでくる。整った顔立ちの中にある淡い茶色の瞳《ひとみ》が間近に迫り美桜は焦る。

人間を引き込んで虜《とりこ》にしてしまう魔力が込められていそうなほど綺麗な瞳は、間近で見るに堪えず目を逸《そ》らせた。

「イイエ、ダイジョウブデス」

かなり怪しげな言い方になってしまったが、これは仕方がない。

地味街道を突き進んできた美桜にとって白依の顔立ちは平常心を保つにはあまりにもレベルの高い相手だ。接近されると緊張してしまうのは無理もない。

しかも今朝は隣同士で寝ていたことを思い返せば勝手に頬が熱くなる。

「なんか美桜の口調、すっごく変だよ？」

音羽がスイーツをほおばりながら顔をしかめると、白依も「うむ」と頷く。

「我も口調が怪しいと思うた。やはり疲れているのであろう」

さらに顔を寄せて覗き込んでくるものだから、下手をすれば今にも唇が触れてしまいそうだ。

（覗き込むのはやめてください――――！）

ギュッと目を瞑《つぶ》るが白依の纏《まと》うほのかな香りが鼻腔《びこう》をくすぐり、その爽《さわ》やかで艶《あで》やかな香りは妙に相手を強く意識させ、顔が熱くなるのがわかってしまう。

「し、白依様、離れてください」

「いや、顔色が悪い」

「離れてくれれば治ります。ほら、白依様担当のイートインスペースにお客様がいますよ」

「人間は脆《もろ》いから致し方ない。若い女子《おなご》でないので今は担当せぬ」

「脆いとかじゃないんですよ。それより女の子しか担当しないとか、どういうことですか。分け隔てなく働いてください……」

「逆巻、美桜は疲れているようだ」

「人の話を聞いてください！」

一向に人の話を聞く気のない白依に、ついに美桜は叫んだ。

神様に向かって失礼とか、ここがお店の中だとか、そんなことは忘れきっていた。

「白依様、近すぎます！　五十センチ！　パーソナルスペースです」

そこまで一気に告げ美桜は大きな息を吐き出す。

こちらを見ながらシーンとしてしまった白依と逆巻の顔を見た途端、猛烈な後悔が湧き上がる。

心配をしてくれたのに離れろと言ったのは失礼だったと血の気が引いた。

人との付き合いさえ苦手なのに、神様やあやかしたちとの距離感などわかるわけがない。

そこまで考えて、まずあやかしたちと付き合うことを前提にしている自分にあきれてしまう。昨日までは知らない世界だったのに、すっかり受け入れ始めている。

とにかくこんな時は謝っておくのが一番だと思い直す。

こちらに非がなくてもとにかく謝ればなんとなくスムーズにことが進む場合が多いことは経験上学んでいる。

これは神様やあやかしでも通用するだろうと美桜が頭を下げかけた時、被《かぶ》せるように白依が低い声でゆっくりと言った。

「先程、美桜がしていた『相手を推し量る』というものをしてみたがうまくいかぬのだが、それは美桜が混乱しているからではないかと思う。これは病気であろうか？」

「そうでしょうとも。まだ初日ですし、何より人間です。無理はいけませんでしょうねぇ。アタシがお屋敷までお送りしましょう」

逆巻が同意のうなずきを返すや、森側の扉、『穢の口』と呼ばれるあの世に繋《つな》がる扉が開いて数匹の子どもが「わー」と歓声を上げながら駆け込んで来た。

ラフなTシャツに半ズボンを穿《は》いているけれど、もちろん普通の子どもではなかった。

子どもなのに強めのパーマがかかった髪の間からは突起物がチラ見えしているし。

「おっ、子鬼たちが入ってきてしまいましたね。追い返してきますね」

「追い返すって、子鬼たちは買い物にきているんじゃないんですか？」

まるで犬猫が入ってきたかのような言い方をした逆巻の言葉に違和感を覚えたが、逆巻は「あはは」と照れたように笑った。

「実は人間にとっては馴染みのあるコンビニですがね、鬼やあやかしにとってはまだまだ珍しいところでして、一種『憧れの店』のような感じでもあるんですよ。それでこうやって時々肝試しというか、物珍しさというか、集団で入ってきては駆け回って騒ぐ子鬼たちがいるんですよ」

ちょっと待っていてください、と言い残し、逆巻が店内の子鬼たちに向かうと、子どもたちは「きゃー、来たー！」と笑いながら駆けだし、店の中をわらわらと駆け回る。どうやら遊んでいるようだ。

「逆巻は手が離せぬな。音羽、美桜に付き添うて連れ帰るがいい」

「ええぇ、面倒くさーい。これだから人間って嫌なんだよね」

なんて口の周りにきなこをつけたままの音羽がむうっとふくれ面になる。音羽はスイーツを遠慮なく食べていた。この支払いは完全に音羽のものだと言っておきたい。

「白依様、私なら大丈夫ですから。少し考え事をしてしまっただけなんです。だから帰りません。音羽君もそのスイーツのお支払いを――」

「そなたは我の嫁である。我に従うべきであろう。人の世では夫唱婦随というものがあると聞く」

まだしゃべっている美桜を途中で遮り、白依は厳然と告げる。

嫁は夫に全て従えなどいつの時代の夫婦観なのか。そんなことを言えば、現在では離婚の原因になりかねない。

キュッと眼鏡のブリッジを押し上げ白依を見上げる。

「一応お伝えしておきますが、今の発言はモラハラになりかねませんよ。モラルハラスメントです。夫婦ならお互いを尊重しあうべきで、従わせることを当然と思う考えは今では古いものになっています」

「モラ？　……つまり音羽に付き添わせず、我が自ら美桜に付き添えということか」

「はい？　ぜ、全然違います！」

「では従うように言うのではなく、我が抱いて連れ帰ればよいのか。なるほど尊重とはそういうことなのだな」

「あー、残念ですがもっと違いますぅっうわ！」

白依は美桜の発言を最後まで聞きもせずいきなりお姫様抱っこをして抱え上げた。

いきなり横抱きにされた美桜は何が起きたのかわからずしばし言葉を失うが、すぐに我に返り顔を真っ赤に染める。

「し、白依様、いますぐ降ろしてください！　仕事中ですよ！　それに時給が減ってしまうので帰らないです、というか五十センチ以上離れてください！」

ひょいと軽く抱き上げられた時に頬に触れた絹の着物の柔らかさや白依の香り、それに何より大きくて力強い手と腕に、男性への免疫がない美桜は緊張と同時にドキドキしてしまった。

「む、五十センチか……」

これは通じたようですぐに白依は「五十センチ」と呟《つぶや》いて美桜を降ろしたが、その時イートインコーナーに座っていた老人が、レジの中の二人を見て表情を歪《ゆが》め叫んだ。

「なんじゃこの店は！　さっきからずっとしゃべってばかりで店員の教育がなっとらん。仕事もせずにイチャイチャべたべたしてなんとも不愉快な店じゃ！　今すぐ責任者を出せ、謝れ！」

唐突に叫ぶ老人に圧倒され身動きを止めた美桜を、さっと背中に庇《かば》い白依が前に出る。

「責任者は我である。そなたは何にかように怒り、無様に声を張り上げている。耄碌《もうろく》しているのではあるまいか？」

（あああ、白依様、言い方!!）

なぜクレームをつけてきている相手に対して無様だの耄碌だの、火に油を注ぐような言い方をするのか！

音羽たちはどうしているのかと視線を左右に走らせると、先ほどのスイーツを食べ終えた音羽は我関せずでスイーツ売り場を物色し豆大福と梅羊羹《ようかん》で悩んでいるし、ちょこまかと動いていたケサランパサランたちは隅っこにかたまり埃《ほこり》に擬態しており、逆巻はさっき入り込んできた子鬼たちをあの世に送り返しに行ってしまっていた。

（逆巻さん、こんな時にあなたがいないなんて！）

この店の唯一の良心、逆巻がいない時にクレームが来るなんて、なんとタイミングの悪いことなのか。

案の定、レジ前へと移動してきた老人は更に喚《わめ》き始めた。

「なんだその態度は――っ！」

聞き取れたのはそこまで。その後も何かを喚き散らしていたが美桜には言語としては聞き取れず、手にした杖《つえ》を振り回す老人の怒りを目の前にして、ただ小さくなって白依の背中に隠れていた。

白依はいくら老人が大声を出し怒りを露《あら》わにしても微動だにせず相手をじっと見ている。

それがよけいに怒りに油を注いだのか、老人が怒りにまかせて杖を大きく振り上げた。

その瞬間、今までスイーツ売り場で傍観していた音羽がサッと飛び出し老人の腕を押さえた。

「それ以上の無礼は僕が許さないよ。細切れにして血の池に捨ててやるから」

天使の容姿でおぞましげな脅しをかけている。

（音羽君も言い方!!）

この二人は人間などこれっぽっちも恐れるに足りないのだろう。老人がどれほど怒ろうが喚こうが、全く気にも留めていない。美桜はこれほどまでの露わな怒りに触れ、すっかり萎縮《いしゅく》してしまっていたのに、心強いというか、ひやひやさせられるというか、まあ頼りになっていることは確かだった。

ただこれ以上老人を追い詰めると血圧が危ないのではないだろうかと思ったところに、逆巻があたふたと店に飛び込んで来て頭を下げた。

「どうも申し訳ありません、何か不都合がございましたか？　お店の外にてお話をお伺いいたしますのでどうぞこちらへ」

さすがコンビニの良心。逆巻は丁寧に老人をあしらい、上手に店外へと連れ出し、なんとか帰ってもらうことに成功したようだ。

白依の背中から離れ呼吸を整える。なぜかどっと疲れたように体が重たくて、カウンターに寄りかかり手をつく。

「ああいったお客さんもいるんですね。びっくりして何も言えなかったです」

酸素が足りない場所で息を吸っているかのように呼吸が重たく感じる。先ほどの老人の罵声《ばせい》に威圧されてしまったのだろうか。そんなことで気分が悪くなるほど打たれ弱くないはずなのに。

確かに誰もいないからとしゃべっていたし、お姫様抱っこなんてしている二人がいれば

イチャイチャしているように見えたかもしれないけれど、あれほど激しく怒鳴りつけられ

るなんて、やはりコンビニには色々な人が来る。

「あのおじいさん、よくイートインコーナーに来るんだよね。で、この前も女子高生に何

か文句を言ってたんだよね。本当に迷惑」

「二回目なんですか？」

「ううん、四回目かな。前はおにぎりの具に自分の好きな物が入ってないとかで急に逆巻

に怒鳴り出してさ、もうわけわかんない。今日は白依様に危害を加えようとしたから、う

っとおしい」

てへっと可愛く笑う音羽の笑顔は年下の愛らしさと甘えた仕草でクラッとくるほど極上

なのだが、口が悪いし言っていることが怖い。

「とにかく今日は白依様と一緒にお戻りください美桜さん。どうやらあてられてしまった

ようですよ」

逆巻が眉毛《まゆげ》をハの字に下げて美桜を心配そうに見て言った。

「あてられる？」

「はい、あの老人は、安崎《やすざき》さんと言う常連さんなのですが、時々ああして激高されるんです。その時にあの方の放つ毒気と言いますか、そういうのに人間は影響を受けやすいんですねえ。我々からすれば逆に人間の放つ毒気は心地良い時もあるのですがね」

天井を見上げて少々うっとりとした目をした逆巻は、とにかく、と続ける。

「白依様もあまりこちらにいらっしゃらない方がいいと思いますので、美桜さんと一緒にお戻りください」

「白依様がお帰りになるなら僕もかーえろっと」

音羽は手元にキープしてあるスイーツを両手に抱え裏口に向かい、「白依様、行きましょう」と帰る気満々に振り返った。

時給の気になる美桜はいくらか拒んだけれど、確かに体調が優れず立っているのがやっとなほどで、心配する逆巻にほぼ無理矢理追い出されるかたちで白依と共に店を後にした。

足がふらつく美桜の手をサッと白依がつかんで支えてくれたが、ビリッと手の甲に衝撃が走る。

見れば手の甲が少し赤くなっている。どうやら先ほどかかったコーヒーで火傷《やけど》をしてしまったようだった。

こんな小さな火傷でも痛みがあるのだから、きっと白依の火傷はもっと痛みを伴っただろう。もう痛みはないだろうか。赤く痕は残っていないだろうかと気になってしまった。

通用口を出ると右手に鳥居、その先に石畳に変化をする石造りの階段があり、白依の住む屋敷に繋がっている。

鳥居に足を一歩踏み入れると空気が変わった。

凜《りん》と張り詰め清浄で森の湿った香りが広がり、先ほどまで胸につっかえていた不快感が消え去っていくのがわかる。

(神様の住むところは清浄なんだ)

今まで神社やお寺などに行っても何も感じたことはなかった。

神様にお願いしても望みが叶《かな》えられたことはない。

まあお賽銭《さいせん》箱に入れるお金がなかったので、タダでお願い事をしていたからかもしれないが、お金が入りますように、父がまっとうに働きますように、お米が手に入りますように、そして、父が戻ってきてくれますように……。

どれ一つ叶ったことはない。だから神様なんているとは信じていなかった。

(本当にいるのなら、どうして神様は願いを叶えてくれないんだろう)

縦縞《たてじま》のコンビニ制服風の羽織を着て美桜の手を引き歩く白依の背中を見つめ、そんなことを考えてすぐに頭《かぶり》を振る。

神頼みなど本当は一欠片《ひとかけら》も信じていなかったのだから、神様だって叶えようとしてくれないのは当たり前だ。

神様の存在が科学的に証明されないのは、それは実存しないことの証明だとずっと思っていた。

それが信じてもいなかった美桜の前に現われ、まさか嫁にされてしまうなんて、人生何が起きるかわからないものだ。

「白依様、火傷はいかがですか？　まだ痛みますよね？」

玄関先に入ったところで美桜が問いかけると、足を止めた白依が手を放して振り返る。

「いくらかピリピリとする。だがこれが人の感じる痛みなのであろう」

「痛みが酷《ひど》いようなら冷やすと楽になりますよ」

白依がじっとこちらを見下ろしたまま動きを止めているので、美桜も足を止めたままになる。

「白依様？　やっぱり痛みが酷いですか？　すぐに冷やしましょう」

「美桜は我が神であってもかように気にかけるのであろうか？　人と同じであるゆえに気にかけているのであるのか？」

「え？」

白依の問いかけの意図するところがわからず美桜はきょとんと目を丸くしたが、白依は切れ長の美しい瞳《ひとみ》で美桜を見つめて言った。

「人が神の心配をするとは稀有《けう》なことであろう。人はいつも求めるだけで神のことを気にかける者などに我は出会ったことがない」

その言葉を聞いた美桜は白依の発言の意図をすぐに理解し、そして恥じ入った。

確かに人は神様に求めるばかりだ。

成功や勝利、合格に希望、自分のことだけでなくても平和や安寧などお願いをするばかり。わずかなお賽銭を入れただけで神様にどれほど多くのことを一方的に願うことか。

今さっきだって、どうして自分の願いを叶えてくれないのだと不満を抱いてしまったその浅はかさに恥じ入った。

下を向いた美桜に白依はいつもと変わらぬ声音で告げる。

「夫としての務めに、妻を守るというものもあると聞く」

言うなり白依は俯《うつむ》く美桜の方へと手を伸ばし、両手で頭の形をなぞるようにゆっくりと髪を撫《な》で始めた。

「なっ⁉」

唐突に大きな手で髪に触れられ、心臓が大きく跳ねる。

顔を上げれば吸い寄せられそうな白依の涼やかな瞳がこちらを向いており、思わず息を止めてしまう。

何も言えないまま立ち尽くす美桜の髪に手を触れている白依は、耳の横まで手を滑らせてからすっと両手を離した。

「これで十分守りになるであろう」

「ま、まもり？」

「今の我は彼岸と此岸《しがん》の狭間《はざま》から互いの者どもが往《い》き来せぬよう領域を守る最低限の力があるのみ。力の大半は奪われ、体は人の痛みや重さを知るために人間と同じようになっておる。それでも美桜一人を守るほどの霊力はある。これで今後はあの老人の毒気には当てられぬはずだ」

それと、と白依は続ける。

「五十センチ離れよと美桜は言うたが手は入らぬとの解釈でよいか？」

「あ……それは……」

恥ずかしさの勢いで言ったことを白依は律儀にも守ろうとしてくれているのだと気が付いた時、美桜は胸の奥がギュッと締め付けられる思いがした。

（この神様は、こんなに真っ直ぐに私と向き合おうとしてくれている）

怖いようで嬉《うれ》しくもあり、それでいて悲しいようなんとも言えない気持ちが心に溢《あふ》れてくる。

今まで揺らさないように生きてきた感情が揺れていることを美桜は淡く感じ取る。

言葉を失った美桜と白依の間に沈黙が流れたが、それを少年の声が打ち破った。

「ねえねえ、白依様何をしておられるのですか？　早くお入りくださいよ。あのジジイの毒気がもう不愉快で気持ち悪い。白依様もすぐに御身拭《おみぬぐ》いにきてください。あ、美桜も禊《みそ》ぎ必須《ひっす》だよ。あのジジィ、相当ヤな気を放ってたし」

先に屋敷に入って行った音羽が玄関に戻ってくると白依の腕を引き、美桜には「じゃ、後でね」と言って行ってしまった。

先ほどから憎々しい光をたたえた長月の眼差《まなざ》しが背中に刺さっていたことに、薄々気がついていたが素知らぬふりをしつつ、白依の背中に向かって深く頭を下げた。

自分はきちんと向き合うことができるだろうか。今まで人との関わりを避けてきたから、きちんとした向き合い方がわからない。

戸惑う美桜の気持ちなど我関せず、長月が忌々《いまいま》しげに叫んだ。

「身の程知らずの小娘が白依様の守りを得るなどなんたる光栄なことかわかっておるのか！　人間風情が恐れ多いことを!!」

完全に白依たちの姿が見えなくなった途端にブチブチと文句をつけてくる長月に、美桜は思い切って尋ねる。

「あの、守りを得るって、先ほどの髪を撫でた行為のことですか？」

「んまあああ！　あのような光栄なことも知らずにおるとは生き恥じゃぞえ。もちろんわらわは知っておるがのう」

ふふふんと鼻で笑うや長月は美桜の髪に触れた。

「髪は力を溜《た》めるもの。妖力《ようりょく》も魔力もそして神聖な力も。ゆえに白依様の残されし貴重な守りのお力を下賤《げせん》な小娘の髪に宿らせたのじゃ。知らずにその身に受けるとは、ああ情けなや。白依様もなにゆえにかような無知蒙昧《むちもうまい》な小娘を選ばれたことやら。ああ憎しや、この首飾りも小娘には勿体《もったい》ないことよ！」

「首飾りって、首輪ですよ、これ」

首に巻かれた組紐《くみひも》に視線を移し、それから「はあああ」と大仰な溜息《ためいき》をこぼした長月は、忌々しそうに美桜の髪から手を放すとぷいっと首を百八十度回して屋敷の奥へ歩いて行った。

玄関先に一人残った美桜は、まだ白依が触れた感触の残っている髪に、そっと重ねるように両手をあてる。

胸がドキドキしている。

今の行動は、白依にとっては神様の行いで、特別なことなんて何一つない行為なのだろうが、美桜の心は乱されている。

（大きくてしなやかな手……。心地よい重さと優しい手のひら。それに向き合おうとしてくれる想いも……）

どれもが美桜には経験のないことばかりだった。

父に撫でてもらった記憶はない。もちろん彼氏がいたこともなければ、触れ合うほど親しい友達もいないから、白依に触れられてドキドキしてしまっていた。

「どうして白依様はこんなに私の気持ちを揺らすのだろう」

一人呟《つぶや》きをこぼすと同時に、背中にドスンと衝撃が走った。

「う、痛っ」

「嫁様ぁ、おかえりなさいませですぅ！」

「あ、雫ちゃん……ええっと……ただいま」

ここでもおかえりと迎えられ、まだ言い慣れない「ただいま」に、美桜はまた大いに照れてしまった。

「今夜から白依様のお食事を作るですよね。実はね、長月が作るところを見たいって言ってますがいいですかあ？　長月ってば自分で聞けばいいのにね～」

プライドの高い長月は美桜に頼み事をするのがよほど嫌なのだろう。

美桜に対するイジワルもそうだが、案外子どもじみたことをする長月が可愛らしく見えた。

これまで経験してきた陰湿な無視攻撃に比べれば、面と向かって文句を言ってくれる方がいい。長月の思いがストレートに伝わってくる。

「じゃあ雫ちゃん、着替えたらすぐに料理を始めるって長月さんに言っておいて」

「あい、わかったです！」

廊下を走っていく雫を見送ると、すぐに中学ジャージに着替えて台所に向かう。

白依は名目上としてでも、きちんと美桜に向き合い嫁として扱おうとしてくれている。それに応《こた》えるだけのことはしよう。中途半端はやめよう。衣食住を与えてくれた恩はきちんと返すべきだ。

愛を知りたいと願うのであれば、それに協力しよう。

コンビニ弁当に飽きているのなら、しっかり料理を作って食べてもらおう。

長い廊下を歩きながら持参した古びたエプロンの紐をキュッと締めると気も引き締まる。

今までは肉など欠片も入らない節約料理ばかり作っていたので、凝った料理を作ったことがない。

「明日《あした》図書館で料理本を借りてこよう。肉料理も作れるようになろう」

今にして思えば、ほんの時々ではあるが美桜の作った料理を父が食べることがあったが、いつもどこかで摘んできた雑草や半値になった傷みかけの野菜など貧乏料理ばかりだった。自分なりにアレンジしておいしくなるように努力をしていたつもりだったが、あれでは父も食べたくなくなっても仕方なかっただろう。

もう少し自分が頑張れば父はもっとご飯を食べに家にも帰ってきてくれたかもしれない。

台所に入るとすでに長月と雫が立っていた。

「遅いわ小娘！　早《はよ》う準備を始めぬか」

「す、すみません」

いきなりの文句に驚きビクッとなる美桜に、長月は満足そうに笑う。

「臆病《おくびょう》な人間を驚かせるのは楽しいことよ。人間の料理とやらをわらわに見せるがいい。わらわがきっちりと覚えて追い出してやろうぞ」

「長月、嫁様に無礼をしたら雫が怒るですよ」

「じゃがこの小娘が――」

「長月、シーですよ」

雫に窘《たしな》められた長月がそこで口を閉ざす。子どもの雫の方がどうやら長月よりも立場が上なのか、よくわからない関係性だ。

「雫は下がるですが、長月がイジワルしたら雫が怒ってあげますからね、嫁様」

雫は笑って台所から下がって行った。

なんとなく気まずい空気になってしまった空間をどうにかしようと長月に問いかける。

「料理が見たいということは、長月さんは料理を覚えたいのですか？」

「まあそうとも言うのう」

ムスッとふくれ面の長月がこちらを見ずに答える。自分が作れるのであれば、自ら白依のご飯を作りたいとの思いが伝わるだけに、美桜は自分ができる範囲で長月に教えていこうとゆっくりと説明を始めた。

「ではまずはご飯の炊き方からやりましょうか。まずはお米を洗います」

話しながら手際よく米をとぎ、鍋《なべ》に入れて水に浸しておく。ちなみに美桜は炊飯器を使ったことがなく、いつも鍋で米を炊いている。

「何をご大層なことをしておる。白米の作り方くらいわらわも知っておるわ。蓋《ふた》を開けてそこにあるれんじとやらで三分待てば白飯ができあがる」

「ああ、それは……それでもありですが、お米からの炊き方も覚えておいた方がいいですよ」

「ふん、生意気なことを！　このわらわに意見するつもりかえ？　よいか小娘。わらわは火が嫌いぞ。火を使わぬ物で料理を教えよ」

「え、火が苦手で料理を？」

「しぃぃぃ、ええい声が大きいわ！　苦手なのではない、嫌いなのじゃ！」

「あ、内緒でしたか。すみません。まさか火が苦手なのに料理を覚えようとしているとは、少し驚いたので。でも火を使わない料理ってサラダや酢の物か……あんまりないかもですねえ」

「四の五の言うておらず、それを考えるのは小娘の仕事であろうが」

高圧的な態度で命令してくる長月に、つい言い返してしまった。

「私の仕事は白依様のご飯を作ることです。それに人間の食事はほぼ火を使いますので、火が使えないと難しいと思いますよ」

「わらわに刃向かうとは、なんと生意気な娘じゃ！　そんな生意気な口は裂いて血まみれにしてやろうか？　ほほほ、恐ろしいであろう」

クククと首を伸ばして笑う長月の威嚇を受けながら美桜は調理台の前に立ち、包丁を手に取った。

「さあ小娘よ、何を作るつもりぞえ？」

わざとらしく美桜の前に立ちはだかり邪魔をしてくる長月を振り返った美桜の眼鏡の奥の目がキラリと光る。ついでに手にした包丁もキラリと光る。

「私の神聖なる場所にいたいのなら大人しくしていること。あと火は必ず使います。怖ければ出て行ってください。わかりましたか？」

突然強い口調で凛《りん》と言い放った美桜に長月がポカンと口を開ける。そしてすぐに眉《まゆ》をつり上げた。

「こ、小娘が何を言い出す！　黙れ黙れ！」

グルンと首を渦巻くように回転させて怒りを露《あら》わにする長月を見る美桜の目に先ほどまでの怯《おび》えなどなく、強い光を放っている。

初めて自分の特殊な性格を知ったのは小学校の時だった。

調理実習で包丁を握った瞬間、いつも周囲に合わせて大人しく笑う自分が一瞬で消え去った。

「なんだか美桜ちゃん、怖〜い。包丁握ると別人みたいになっちゃう」

同じ班の女子にそう言われて気がついた。

どうやら、包丁を握ると性格が変わってしまうようだ。

それは大切な食材と真剣に向き合いたいと思うからか、いい加減な気持ちで包丁を握る自分など考えられなかった。

食材と自分の世界に入り込めば、怖いものなどなくなってしまう。

今も包丁を握っていると、目の前にある食材にしか気が行かない。長月の威嚇も揶揄《やゆ》も何も気にならない。

食材は欠片《かけら》も無駄にはできない。どうしても食べられない皮などがあるのなら、少しでも可食部分をえぐり出さなければならない。これは勝負だ。

「黙って見ていてください。料理中は意識を集中しているから静かにしてください」

ダンッと音を立ててキャベツをまな板の上に載せるや、目にもとまらぬ速さで千切りにしていく。効果音がつくならズガガガガと吹き出しに書かれそうな勢いだ。その様はまるで侍が戦いに集中しているかのような真剣さ。ピンと空間が張り詰める。

更ににんじんも同様に千切りにして塩水に浸した。

材料は全て学校帰りに買ってきた。ここには調理器具はあっても食材がなにもストックされていなかったので、行きつけのスーパーに買い出しに出たのだ。調味料も一揃い購入したので、想像以上の大荷物になってしまった。

美桜は更にタマネギなどの野菜を刻み、そして最後に冷蔵庫から取り出したのは、普段は滅多に買わない肉。

ただしまだ金銭感覚が貧乏人のままの美桜には、本日特売のひき肉しか手がだせなかった。

フライパンを火にかけ油を引くと、長月が声を上げた。

「ひい、火をつけるでない！」

「火を使うことでおいしい料理になるんですよ。白依様においしい物を食べてもらいたいと思いませんか？」

美桜の言葉を聞いた長月は、口を閉じ離れた場所まで移動して遠くから様子を眺めることにしたようだ。

刻んだ野菜とひき肉を炒め、水を加えて煮込む。

その間にカレー粉と小麦粉でカレールーを作り、それから最初に刻んだキャベツと人参にコーンを合わせてコールスローサラダのできあがり。

「あとは煮込んだ具材とルーを合わせてとろみがつけば完成です。ひき肉を使えば時短でカレーが作れるんです。ちゃんとお肉が入ってるなんて美味《おい》しそうですよね、長月さん」

「お、おお、カレーじゃな。これは知っておる」

料理ができあがればいつもの美桜に戻ったが、長月はまだその変化についていけないようで、少しだけ遠慮がちに返事をする。

「もっと自然な料理が良かったかなって迷ったんです。春なら野草も採れるけど、秋は少なくて」

長月が顔をしかめながら言う。

「昔の人間はそこいらの雑草を食していたが、そなたも食べるのかえ？」

「雑草じゃないです、野草です。春が一番美味しくてたくさん採れます。つくしやぜんまい、のびるに菜の花、タンポポも食べられますよ」

秋には春や夏に比べると食べることのできる雑草は少なく、やはり野草の旬《しゅん》は春だ。

美桜は雑草や木の実を食べて飢えをしのいで生きてきたので食用の野草にはすっかり詳しくなった。

一面に野草が広がっている場所を見ると、ついつい食べられる草を探してしまう。それをどうやっておいしく料理するかを考えるのはもはや趣味の一つとなっていた。

「今どきまだ草を食べておるとは妙な娘じゃなぁ」

呆《あき》れた様子の長月だが、目を細める様子にはそれほど嫌悪感はなさそうだった。

「できあがったのであれば、早う白依様の元にお持ちするぞ。運ぶ準備をせぬか」

長月に急《せ》かされ、五人分のカレー皿を用意しようとしたが、長月に遮られた。

「なぜ五つも皿を出す？　白依様にお渡しするのは一つでよいぞ」

「音羽君と雫ちゃん、長月さんと私で五人分です」

「白依様以外、わらわたちは要らぬ」

「音羽君もですか？」

「音羽どのも必要ない。いつも食事は取らぬ」

「そうなんですか？　いつもスイーツを食べているのに。あ、だからご飯が食べられなくなっているのかな」

太らない体質なのかもしれないが、健康のためにお菓子の食べ過ぎはやめた方がいいのに、とブツブツ呟《つぶや》きながらお盆にカレーとサラダ、スープを載せて運ぶ。

長い廊下の途中に杉板の襖《ふすま》が行く手を遮っている。大きな鷹《たか》と松の絵が描かれた立派な杉戸だ。そこで長月が美桜の足を止めさせた。

「ここより先は人間が入ることはならぬ。神の食事とは神聖なものなるゆえ、本来ならばあやかしであるわらわも入ることはならぬのだが、特別に白依様より加護をいただき世話をさせていただいておる。ゆえにそなたは戻れ。わらわがこのお食事をお持ちする」

「……わかりました」

（部屋にも行けないなんて、やっぱり夫婦なんて形だけなんだ）

白依は真面目に美桜を受け入れようとしてくれていると感じていた。だから美桜もきちんと向き合えるように努力をしようと思っていたのに強く拒絶されたようで胸が痛む。

一緒に食べることはおろか、食べる姿さえ見られないことに、寂しさを感じている。

お盆を長月に手渡し、美桜は「よろしくおねがいします」と頭を下げるやくるりと踵《きびす》を返して足を踏み出す。

「なんだろう……今の私の気持ち、どうなってるんだろう？」

一人で廊下を歩きながら自問しても答えは誰も教えてくれない。

白依に守ると言われたり、触れられたりして、特別になったとでも勘違いして期待していたのだろうか？　それなのに入れないと言われてショックだったのだろうか？

左手の手のひらに視線を落とせば、小指にはしっかりと赤い糸が結ばれ、その先は途中で見えなくなっているが繫《つな》がっているはずだ。

首にだって夫婦の証《あかし》として組紐《くみひも》を結ばれているのに。

左手を握って赤い糸を見えないようにしてから、美桜はわざと独り言を大きな声で言う。

「終わり終わり！　考えてもしかたないことは考えない。時間の無駄。あー、早退しちゃったから時給も減っちゃうなぁ。明日からは目一杯働かないと」

独り言がやけに響く。辺りが静かすぎるせいだろう。

妙に寂しさを感じてしまうのはきっとこの広い屋敷のせいだろうと考えていた美桜に、雫が廊下の向こうから駆けてきて飛びつく。

「嫁様ぁ、お料理お疲れ様ですぅ。美味しそうなお料理に白依様も嬉《うれ》しそうでしたですよ」

雫もあの杉戸の向こうに入れるのかと、少しだけ心が曇ったが、雫のねぎらいと、嬉しそうだとの言葉は、美桜の胸の中に吹いていた冷たい風を止めてくれたことに気づいた。

幼いのに色々気遣ってくれる雫は美桜のオアシスだ。

「ありがとう、雫ちゃん」

様々な想いを込めて雫をギュッと抱きしめた。

＊＊＊

その五日後、美桜はレジ脇の壁際に追い詰められていた。

店内にいるのは白依と逆巻と美桜だけ。逆巻はこれから深夜にかけて賑《にぎ》わう鬼やあやかしたちの来店ピーク前に足りない商品の陳列に出ている。

至近距離にある作り物のように整った白依の美しい顔。ほのかに匂う艶《あで》やかな香り。そしてやけに目を惹《ひ》きつける着物からのぞく喉元《のどもと》。白銀の髪をまとめているのは金糸が織り込まれている赤い組紐、その先にある長く垂らされた房がサラリと美桜の髪をかすめる。

コンビニの制服風羽織を纏《まと》った美しい神様が美桜を追い詰めながら問いかけてくる。

「美桜、これが壁ドンというものらしい。これで愛になっているのだろうか？」

「ちょ、あの、なっていないと思います。五十センチの距離を取るようにお願いします」

「五十センチより近いか」

「近いですね」

「五十センチ空けるのはなかなかに難しいものである」

両手で美桜を壁に追い込んでいる白依は、体を起こしレジ台に置いてある少女マンガの開いたページを美桜に見せてくる。

「一昨日《おととい》美桜が持って来た愛について書かれている指南書の、この絵巻の中では壁ドンなるものをすれば、ここにいる娘が『トクン……』となり愛が深まっているように描かれておるが、何が違うのだ？」

「そう簡単にトクンなんてなりません。あと仕事中はやめてください」

「もう少し読み込む必要があるようだな」

小首を傾げながら手にした本のページをペラペラと細い指先がめくる。

白依から解放された美桜は逃げるように逆巻の隣に向かい補充商品が詰め込まれた容《い》れ物の前にしゃがみ込んだ。

つい愛想のない言い方をしてしまい、ちょっとだけ落ち込む。

だが、美桜の心の中には食事を届けることすら許されないことへのわだかまりが消えずに小さなしこりとなっている。

我ながらこんなに心が狭かったとは驚きだ。

近づくだけで人を魅了する姿に無自覚な白依は、いちいち美桜との距離が近く、男性免疫のない美桜にとって、彼の美貌《びぼう》も声も姿も毒のように刺激が強い。だから、なるべく近寄って欲しくない。

（心を乱して欲しくない……）

白依は家でも店でも美桜が苦し紛れに言った五十センチの距離を保つように気をつけてくれているが、それでも布団は相変わらず並べて寝ようとしてくるし、風呂《ふろ》も断っても一緒に入る機会を窺《うかが》っている節がある。

白依が一体どうしたいのか、美桜にはよくわからなくなってしまっていた。

白依のことなど何も気にしていない、何もなかったという態度でおにぎりを並べていく。

ケサランパサランが数匹でおにぎりを持ち上げて取りやすくしてくれるが、彼らにはおにぎりが重たいのか細い腕がプルプルと震えるので、助かるというよりは申し訳ない気持ちが勝る。

「そんなことはアタシがやりますので、美桜さんは白依様のお世話をしてくださいよ」

「いえいえ！　仕事中はちゃんと仕事をしたいので大丈夫です。ここにいさせてください」

今は白依の側に戻りたくない。それになんと言っても給料二割増しにしてもらっているのだからきちんと働かなければ申し訳が立たない。

真面目すぎることが欠点との自覚はある。逆巻には面白みのない地味なバイトだと思われているだろうなと考えると、少しだけ気持ちが曇る。

「お若いのに感心ですねえ。私は美桜さんのような一生懸命な人間が大好きですよ」

「生真面目なのは欠点なんですけどね」

苦笑したが、逆巻は目を大きく見開く。

「いえいえ真面目さが欠点になるはずないじゃないですか。あやかしの刹那《せつな》主義を見ていると、人の持つ真面目さは宝物だとアタシは思いますよ。美桜さん、そこは欠点じゃないです」

逆巻の言葉に美桜は胸を衝《つ》かれた。

いつだって苦々しい笑顔で「真面目だね」と言われ、それを納得して受け入れていたつもりだったが、逆巻に宝物だと明言されたことで、美桜の目の前にあった靄《もや》のようなものがサアッと晴れた。

（この気持ち、どう言えばいいんだろう）

心の冷え固まった部分をふわりと柔らかく包まれた気がした。

ここに来てから美桜は、自分では知らなかった気持ちや思いをどんどん見つけていっている気がする。譬《たと》えれば心を覆っていた固い殻が、一枚一枚剝《は》がされていくようだ。

それは怖くもあり、もっと知りたくもあり、美桜は日々戸惑いの中にいた。

商品をサクサクと順調に並べている逆巻が視線を移さずに話しかける。

「ところで美桜さんが借りてきた、あの少女マンガという絵巻物、アタシも少し読ませてもらったんですが、なかなかに面白いですねえ。あれを真似ていればきっと美桜さんと白依様も愛が深まるんでしょうな」

しかし、と逆巻は声を落とす。

「……美桜さんのご様子を見るに、白依様はお気に召しませんか？」

天井で耳を澄ましているかのようにコウモリたちがじっとこちらを見ている。このコウモリたちもあやかしで、超音波以外の言葉を理解することは前に証明済みだ。

実は恋愛なるものに興味も経験もない美桜は、どうやって愛を白依に理解してもらえればいいのかと悩み、最初に試みたのは辞書の愛の項目を読み上げ説明することだった。

「いいですか白依様。これは最高のテキストです」

バン、と手のひらで叩《たた》いたのはかなり分厚い辞書。これは中学生の時に手に入れた美桜の私物だ。

中学校に入学してすぐ学校で辞書購入の申込書をもらって帰ったが、美桜の家では購入するだけのお金がなかった。すると父が押し入れの奥からこの辞書を引っ張り出し美桜に手渡した。

「父さんはもう使わないから美桜にあげよう。昔、手に入れた物だけど良い物だよ」

まるで自分の手柄のように自慢げに言っていたのを覚えている。

子どもの手には余るほど分厚くて立派な装丁の辞書には、どんな言葉でも載っており、中学生の美桜にとってはまるで魔法の書のように感じたものだ。

ちなみにこれを学校に持って行った時、普通の学生用に比べてかなり分厚く存在感のある辞書に、クラスメートからは盛大にからかわれ、先生には苦笑されてしまったが、美桜にとっては父からもらった初めてのマイ辞書だったので、今でも大事な相棒として重宝している。

辞書をめくる時、指先に感じる薄いのに張りのある独特の紙の感触が、未知の言葉と知識に出会わせてくれるから、いつだってドキドキしてしまう。

「それは心強いことだ」

「いいですか……あい【愛】そのものの価値を認め、強く引きつけられる気持。㋐かわいがり、いつくしむ心。「子にそそぐ―」。いつくしみ恵むこと。「神の―」。いたわりの心。「人類―」㋑大事なものとして慕う心――」

最後まで読み切った美桜は、首元の組紐に手をあてる。

「あれ？　取れてない。どうして？　白依様、愛がわからなかったですか？」

辞書で調べれば簡単に愛がわかると思ったが、首輪に変化は訪れていない。

「言葉はわかったが、『愛』はわからぬ」

「私の読み方が悪いのかな？　もう一度チャレンジしてもいいですか？」

「ではもう一度読むがいい」

「はい、ではいきますよ。よく聞いてくださいね。そのものの価値を認め――」

最後まで読み上げた美桜は、首の組紐になんの変化もないことに膝《ひざ》をついた。

「ダメだったぁぁ」

「うむ、やはりわからぬ」

キッパリと言い切った白依の返事に美桜は途方に暮れる。

愛を教えるという課題は、そう簡単にいくものではなさそうだと覚《さと》った美桜は、高校時代の唯一の友人の、岡本莉奈《おかもとりな》に電話で相談を持ちかけた。

愛や恋を理解するのに、何か参考になる書物がないだろうか、と。

妙な質問をしていると自覚はあったけれど、どこから手をつければいいのか全くわからなくなった美桜は、藁《わら》にも縋《すが》る思いで相談したのだ。

中途半端なことはしたくないので、からかわれても仕方ないと覚悟をして電話をした。

恋愛に縁遠い美桜とは正反対で、明るく愛らしい莉奈は中学のころから彼氏がいたし、別れてもすぐに次の彼氏と付き合う、まさに恋愛のエキスパート。

学校でも可愛く目立つタイプの莉奈が、学内トップクラスに地味な美桜と親しいことは当時学校の七不思議とまで言われていた。

莉奈に電話をするのも久しぶりだった。もちろん元々美桜の家に電話などなく携帯電話も持たないので、高校を出てからは莉奈ともなかなか会えていなかった。

『美桜、心配してたんだよ〜。家を追い出されるって聞いてから連絡なかったし。ちゃんと食べてる？』

いつもの可愛らしい声が受話器の向こうから聞こえて来ると、一気に高校時代に戻ったような気分になる。

「色々あって連絡おそくなってごめんね。今はコンビニで住み込みさせてもらってる」

『え〜コンビニで住み込み？　なにそれ、うける！　ないない、住み込みのコンビニとか！　それ怪しくない？』

「え、怪しく……うん、まあ、大丈夫？　かな」

大丈夫かどうかは微妙なライン、いやかなりレッドゾーンだが、もしも彼女に全てを話せば病院に連れて行かれてしまうかもしれない。

莉奈は美桜の現状をなおも心配しつつ、予想外の質問に目を輝かせて笑った。

『恋愛⁉　そっかぁ、ようやく美桜が！　あの美桜にもついに春がやってきたんだ〜すご〜い！』

キャッキャと明るく笑い転げてから、どんな相手か出会いがどこか等々の追及があったものの、言葉を濁す美桜の心情を察してか、深追いすることなくいくつかの恋愛おすすめ本を大学まで持って来てくれた。

「恋愛初心者ならやっぱり少女マンガがオススメだよ。キュンキュンしちゃうから。とりあえず幼馴染《おさななじ》みもの、学園の王子様系、それに先生と生徒もの、この辺りの定番を持って来たから、じっくり読んで参考にしてみて」

手渡された紙袋の中には、かなりの量の本が詰まっている。これを全部読むのは相当時間がかかりそうだ。

「相手に見せても大丈夫？」

自分だけが読んでレクチャーするよりも、白依に読んで理解してもらう方が早そうだと思い、見せてもいいのかと聞いてみると莉奈は笑って快諾してくれた。

「もちろんいいよ。少女マンガを読む男の子って結構多いって聞いたことあるから、二人で一緒に読んでキュンキュンしちゃってね！」

「男の子……かな」

「もしかして、美桜のお相手は大人の人なの？」

「大人？　ええっと、カテゴリーがわからない」

素直に思った通りに答えたのに、莉奈は大笑いした。

「カテゴリーって！　美桜の得意な勉強と違って人はカテゴリーに当てはまるもんじゃないもんね。ようやくその辺りに気がついたんだ！」

あとねあとね、と自分のことのようにウキウキしながら莉奈は付け加えた。

「美桜は眼鏡外して髪を整えてお洒落《しゃれ》したら絶対に可愛いから！　男の子はみんななんだかんだ言いながら可愛い女の子が好きなんだよ？　今のままじゃ逃げられちゃうよ。応援してるから頑張れ！」

「あ、ありがとう」

先立つものがたくさん要りそうな友人のアドバイスと応援に、困惑と感謝をしながら借りた本を白依に参考書だと手渡したのが一昨日。

それ以来、今日のようにマンガの中にあるいわゆる「キュンキュンしている」ようなシーンを仕事中に再現しようとしてくる。

商品を並べながら美桜は深い溜息《ためいき》をつく。

「お給料をもらっている以上は仕事をちゃんとしたいだけです。別に白依様が気に入らないとかじゃないんです」

「それは良かった。アタシは白依様、大好きですんでねえ。優しい神様ですよ」

逆巻は黄色い鴨のくちばしのような口を開いて笑った。そんなのんびり口調とは似合わないスピードでどんどん品出しをし、綺麗《きれい》に手早く並べていく逆巻に思わず感嘆する。

「逆巻さんの仕事は早いですし正確ですね。私も早くそれくらいできるようにならなきゃ」

「美桜さんが手伝ってくれるだけでアタシは大助かりです。気負い過ぎないでいいですよ。ゆっくり慣れていきましょう」

のどかな春の陽気のような優しい話し方をしてくれる逆巻の優しさに、美桜は考えさせられる。鬼やあやかし、亡者も人間とそれほど変わらないんじゃないかと。それどころか逆巻も雫も人間よりよほど気遣いが優れている。美桜の不安をいつも拭《ぬぐ》い去ってくれる。

今も足下でドロドロしたものが這《は》い回っている謎のモノにも慣れてしまえば、これが丸いお掃除ロボットのようにも見えてくる。

『狭間世のコンビニ』は、普通のコンビニと少し配置が違っているのだが、それは通常の入り口の他に、もう一つの入り口があるせいだ。

レジの脇にある入り口、穢の口と呼ばれる普通の人には見えない入り口。

夜になると人ではない様々なモノたちが、その穢の口からこの店に買い物に来る。

美桜にはもう彼らの正体は見えているが、普通の人間に彼らの姿は見えない。

穢の口の向こうは、いわゆる彼岸、あの世。地獄の獄卒である鬼や逆巻のようなあやかしたち、正体不明のものや閻魔《えんま》王の判決を待つ間の暇を持て余している亡者が来店する。

なんでも数十年ほど前から、地獄の裁判も人間界と同じく弁護士が付き不服の申し立てや、上訴することもできるようになり、それによって一人の判決が確定するまで膨大な時間がかかってしまい、未《いま》だに亡くなってから数年経ってもまだ裁判にさえ呼ばれない亡者がたくさん暮らしているらしい。

それに伴い鬼も虎柄のパンツではなく、弁護士や裁判官たちなど官庁務めの鬼はスーツ風の着物を着用、一般の獄卒は階級によって色分けされた着物を着用しており、彼らは好物の揚げ物やカップ酒をいつも仕事終わりに楽しそうに買って行く。人間のお金は銀行で換金できるシステムが調っているらしい。

ちなみに、あやかしにとってはコンビニはまだまだ珍しい場所で、現金を手に入れる方法のないモノは、品物を買うことができない。だから憧れの場所で買い物をするのが、官庁勤めの鬼たちのステータスになっているそうだ。

最初に聞いていたタチの悪い鬼やあやかしにも出会っておらず、皆人間との違いはないように思える。

今も店内のおにぎりを物色しているのは、頭に豆腐を乗せた謎の少年。彼は豆腐小僧と呼ばれるあやかしで、自分の作った豆腐と一緒に食べるおにぎりを選んでいる。どの具が一番豆腐とマッチするのかを真剣に選ぶその横顔は楽しそうで好感が持てる。

埃《ほこり》のようなケサランパサランたちも仕事熱心で中途半端な人間のバイトよりもよほど働き者で好感が持てる。

さらに美桜が馴染《なじ》んだ要因の一つに、もう一人、この店の本当のオーナーである園田渉《わたる》という人間が働いていることが大きい。

神様がどうやってコンビニを開店させ、仕入れのルートなどを確保したのだろうかと不思議に思っていたが、この園田が様々な手続きなどをして店を開いている。

年は四十を超えているが、三年前に奥さんと娘さんを事故で亡くしたため、今は一人で暮らしているらしい。

美桜が大学に行っている間の午前中に店に来るので、授業が早く終わった日に入れ違いで会えるだけなのだが、美桜が人間であることは園田にとっても心安いのか、会えば色々と世間話をしてくれる。

このコンビニは周辺の宅地開発に合わせて三年前にオープンした店で、園田は他にも三軒のコンビニのオーナーをしていた。

「このコンビニのオープン直後に妻子を亡くしましてね、それからすっかりこの店のやる気を失ってしまっていたのですが、三カ月前に突如白依様が『我に任せてくれぬか』と頼みに来られまして。ははは、最初は神様とかなんだとか、変な人の妙な話に巻き込まれたなあって思ってたんですけどね」

最初は人の込み入った事情など聞くつもりはなかった美桜だったが、今はこのコンビニがいつからあって、どうして白依が店主をしているのかなど、気になることばかりで、いつも園田の話に真剣に耳を傾ける。

「白依様はどうしてコンビニの店主をし始めたんですか？」

「それは……僕が話すより白依様から聞いたほうがいい。美桜ちゃんは白依様の人間のお嫁さんなんだろ？　夫婦に必要なのはたくさん話をすることだよ。お互いが違う生き方をしてきて、違う価値観を持っている。だから言葉で意思疎通をしなければ、夫婦はすぐに行きづまってしまうんだよ」

夫婦と言われることにはまだ慣れないし、夫婦という実感もない。それでも園田の語る言葉は心に響く。

園田が失った妻子をどれほど大切にしていたかは、話を聞く度にジワリと美桜の気持ちにも染みこんでくる。

（こんな家族を持てたら幸せなんだろうな）

滅多にしか帰って来てくれない父親しか知らない美桜は、園田と話をする度に理想の父親像を彼の中に見つける。

頼りになる園田渉という大人が身近にいる、そう思うだけで美桜の心持ちはかなり違ったものになった。

「美桜」

白依に名前を呼ばれると同時に右腕を引かれ、彼の胸に倒れかかる。並べようと手にしていたおにぎりが転がり落ちる。

「なっ……！」

何をするんですか、と抗議しようとする美桜の頭をギュッと包むように抱きしめた白依が、耳元でささやいた。

「お前を誰にも渡したくはない……我のものになってくれ」

低く落ち着いた声なのに、耳の奥に深く落ち込みピリッと電気が走ったように心が震えて美桜は動けなくなる。

(な、な、何を――！)

急に触れられると、心のざわめきを自分ではコントロールできなくなる。ドキドキと胸がうるさいほどの鼓動を刻む。

「仕事中はやめてって言いましたよね！　それに五十センチ！」

すぐに白依は腕を解いたので抱き留められていたのは、三秒ほどだが、瞬間沸騰した美桜の血流は、そんなにあっさり戻るはずもなく。顔が真っ赤に染まっているのは鏡を見なくてもわかる。頬が触れれば火傷《やけど》しそうなほど熱くなっている。

「おかしい。この言葉はこの絵巻に出ている『相葉光《あいばひかり》』なる男もこちらの絵巻の『高梨亮祐《たかなしりようすけ》』もほぼ同じようなことを言い、この後接吻《せつぷん》をしておるのだが。これは愛なのであろう？」

白依は意外と勉強熱心な神様なのかマンガを渡してからずっと読んでおり、しかも読み込みそれを実践に持ち込んでくる。

だが美桜の都合を考えてくれないところと、「パンをくわえて走れ」などと言いながら売り物の食パンの袋を開けようとするような無茶を要求してくるところは美桜にとっては大迷惑でしかない。

昨日はそのパンをくわえたまま角で出会い頭にぶつかることを強要されたり、いきなり肩をつかんで「そなたは我のものである。他の男など見ぬように」などのセリフを我流にアレンジしたシーンの再現をさせられた。

少女マンガが胸キュンであることは理解するが、それを無理矢理に再現しても神様の独特の口調で言われても何一つ心に響かないことだけは証明できた。

この計画は明らかに失敗だった。その上仕事の邪魔になって仕方がない。

白依が恋愛感情など全く抜きでこんなことをしているのはわかっている。

それなのに、ふいに広い胸に抱きしめられていると否応《いやおう》なしに心臓が落ち着かず、耳まで熱くなって息が苦しい。

これは真似事だと理解していても、触れている白依の胸の大きさ、温かさ、それに鼓動は本物で、美桜を翻弄《ほんろう》するには十分だった。

(私の気持ちを揺さぶらないで欲しいのに……)

しばらく美桜を抱きしめたままだった白依は、ゆっくりと手を離すと「仕事中だから上《う》手《ま》くいかぬのかもしれぬな」などとブツブツ呟《つぶや》く。それを聞いた逆巻がとんでもないことを言い出した。

「白依様、お二人でお屋敷に戻られても構いませんよ。この逆巻に全てお任せください」

「なるほど、それはよい考えで――」

「ではない！　良くないです！」

素早く白依の言葉を遮る。

「私は時給制なんですよ？　一時間抜ければお給料が減ります。これは死活問題なんですから、軽々しく仕事を休めと言わないでください」

「仕事していたことにすればわからないのに、そんな美桜さんの真面目なところが、本当に良いところですねぇ」

逆巻が神業のようなスピードで品出しをしながらフフと笑う。きっと逆巻は何の気なしに言ったつもりだろうが、「良いところ」と言われて背中がむずがゆくなる。褒められることに慣れていない人間を安易に褒めるのはやめていただきたい。

先ほど美桜の手から落ちて転がったおにぎりをケサランパサランたちが頑張って運んできてくれて美桜の手に載せてくれた。

(そうそう、今は仕事仕事)

そう心の中で呟き平常心を取り戻そうとしている美桜に白依は問いかけた。

「この『キス』なるものは、いつしてもよいのか？　これはかなり試す価値がありそうに見える。この男は出会った時にいきなりしているようだが？」

マンガのページを開いて見せてくる白依に、もう溜息しか出てこない。

「だから、無理矢理キスしたから『サイテー！』って叫ばれているじゃないですか」

「しかしこの娘は頬を赤らめ、その後は満更でもなさそうに思い返しておる。試すべきではないのか？」

「そもそもさっきから五十センチルールを無視しています」

「わかっておる。だが人間界には三秒ルールなるものがあることを知った。三秒以内であれば何でも無効にできると聞き及んだ。なれば先ほどのも問題はない」

「三秒ルール！」

ここで小学生のようなことを言い出した。

たしか食べ物を落としても三秒以内に拾えば大丈夫とか、そんなルールだったはずだ。

美桜にとっては十秒でも一分でも関係ない。ちゃんと食べられるものであれば、たとえ一時間後でも問題ないと思っている。

白依の主張する三秒ルールを可にしてしまうと今後の諸々《もろもろ》に影響が予想される。

「……非常に面倒臭いことになっている」

少女マンガがこんなにも面倒臭そうな場面の連続とは知らなかった。恋愛初心者のテキストとしては、レベルが高くて使えそうにない。辞書がダメだった時点で行き詰まってしまい安易に少女マンガを渡してしまった自分が恨めしい。

これはどう対処すればいいのか莉奈にもう一度相談した方がいいのだろうかと考えていた時、一人の客が入ってきた。

(あ、またあのおじいさん。確か安崎さん)

それは美桜が初めて働き出した日に、怒りを露《あら》わにしていた老人、安崎だ。あの翌日と昨日も来店し、肉まんをイートインでゆっくりゆっくりと食べていた。

季節はまだ秋なのに分厚く毛玉のついた古いセーターを着込み、いくらか曲がった腰を庇《かば》うように杖《つえ》をついている。着ている服は毎度同じで、そして毎度なにかしらクレームをつける厄介な客だ。

店に入るとすぐにカップ麺《めん》のコーナー、続いてパンコーナー、それからお菓子、ジュース、お弁当のコーナーをまるで巡回する警察のように鋭い目で見て回り、それから逆巻を捕まえ文句を言い始める。

「パンの日付が古いものが前になっている。客に古い物を買わせる気だな！　しかもぐちゃぐちゃと並べ方が汚い！」

今日はパンについてのクレームだが、前回は弁当の品揃えが悪いだとか、日々文句を言うために来店しているのかとさえ思ってしまう。いつも目当ては肉まんだけなのだから、他の陳列にまで口を出すことはないと思うのだが、文句を言わねば安崎の気は治まらないらしい。

怒鳴り散らす声に、他にいる客が驚いてそそくさと逃げ帰ってしまう時もあった。

「すみませんねえ、今すぐ整えますね」

逆巻がにこやかに対応するが安崎はその後ろから仕事ぶりをチェックしているのかブツブツ言いつつ睨《にら》んでいる。

声を聞きつけたのか奥の部屋から音羽が顔を出し、面倒臭そうな表情を見せる。

「また来ている。今日はパンの日なんだ、鬱陶《うっとう》しい文句ジジイだね」

本日の文句対象となっているパンの並びを乱した張本人がそんなことを言う。少し前に菓子パンを勝手に物色した挙げ句に「あんまりいいのがないや」なんて放置して行ったことを音羽はもうすでに忘れているのだろう。

「いつもうるさいよね。いつかあやかしに喰《く》わせちゃおうかなぁ」

美桜の横をするりと通り抜きざまにそう呟き、手を伸ばして新作のモンブランクリーム大福を手に取りバックヤードへ入って行こうとする。

「音羽君、それレジ通さないと数が合わなくなる」

「大丈夫だよ。気にしない」

音羽はスイーツが大好きで新作が入ると必ず勝手に持って行ってしまう。そして美味《おい》しければ二つ、三つと気がつけば仕入れた分全てを食べてしまっていることがある。

天使の微笑みと上目遣いで「これちょうだい」と頼んでくる小悪魔だが、美桜には通用しない。

「レジが合わなくなるしそんなに食べたら商品がなくなっちゃうよ」

「そこはなんとかしてくれるよね、美桜が。僕、甘い物には目がなくって……だって、とーっても大好きなんだもん。だからね、お願い」

「つ……通用しないからね！」

気を強く持たないとあのあざとい可愛らしさに流されそうになる。美桜の心など我関せず、音羽はモンブランクリーム大福を手にしたまま白依の手を取った。

「白依様、退散いたしましょう。こんなジジイに付き合うことなどないんですから」

「我は良い。美桜を守らねばならぬ。我の妻だからな」

白依がそう言うや、音羽はあからさまにムッと唇を尖《とが》らせる。

「えええ、美桜は働くのが好きなんだし人間は人間に任せるべきですよ」

「人間の対応とやらを見るのも必要かもしれぬな。美桜の対応を見届けよう。それも夫の務めであろう」

「我の妻って、美桜は人間の仮の妻じゃないですか。だから白依様が庇うことないんじゃないですか？」

「それでも今は我の妻だ」

迷いもなく告げた白依の言葉が美桜の心を揺らす。

（そんな迷いなく……）

形だけの仮の妻であることは重々承知だ。食事を運ぶことさえ許してもらえないのだから。美桜自身、夫婦とも妻とも実感はない。

けれどそれを白依からあからさまに突きつけられると、この場にお前の居場所はないと言われているような、複雑な感情の波に飲まれそうになる。

だから白依の迷いのない言葉は、美桜の中にとまどいを生む。

（大丈夫なのかな。白依様が妻だと言ってくれているから……信じてもいいのかな。私はここにいても大丈夫なのかな）

家を失うというのは、こんなにも拠《よ》り所の足場を失うことだとは、実際に住む場所を失って初めて知った。

白依が近寄ることさえ拒むくせに、受け入れられたいなんて、身勝手でとんでもないわがままだ。

だが、美桜がここにいられるのは、白依の嫁だからだ。それがわかっているから、毎晩白依の好みの味を考えたり、料理の一品一品を大切に作っている。けれどその大切な料理を手渡しすることも許してもらえず、寄る辺を見失いそうになっていた。

音羽は自分の意見が無下にされたことにムッとしたようだった。

「ふ〜ん……じゃあもう勝手にしてくださいね。美桜美桜って言ってますけど、まだ全然愛を教えられないじゃないですか。僕の方がずっと白依様のこと考えているんだからね！」

音羽はこれ以上何も聞く気なしとばかりにツンと拗《す》ねた様子で素早く裏へ引っ込みかけた途端、安崎の声が飛んでくる。

「だいたいそこの娘！　ぼさっとしてしゃべってばかりいて仕事がなっていない。うちのばあさんなどもっともっと働き者だったわ。今時の若者は軟弱すぎて見ていてイライラさせられるわ！」

美桜が白依や音羽と話していたことが気に入らないのか、今日はこちらにも文句が飛んできた。しかしさすがあしらい上手な逆巻が、とっさに安崎をフォローする。

「おやおや、それは働き者で素晴らしい奥さんなのでしょうね」

その一言に安崎はパッと顔を輝かせ、一気に話し出した。

「そうなんじゃ、そうなんじゃ。房子《ふさこ》は本当に働き者ででしゃばらない。夫の後を三歩下がってついてくる良妻賢母そのものよ。まあそういうようにわしがしつけてやったからな。それなのに先に死んでしまうから靴下一つ探すのにも苦労させられるし、食べることも困る。房子の得意な肉まんは本当に絶品でなあ。この店のように味気ない物ではなかったわ。わしが困ることもわからず先に死ぬとは、最後の最後でなんとも間の抜けたことをしたものよ」

ほうほう、ふんふんと聞いているのか聞き流しているのか、逆巻は絶妙なタイミングで相づちをうつから、安崎はひたすら愚痴をこぼし続ける。

「それに比べて近頃の若い奴らは我慢が足りん。あの娘などいつ見てもしゃべっておるしおまえほどの働きには遠く及ばない。おまえもそう思わんか」

安崎が不満たっぷりにそう言い切った時、穢の口から数人の亡者が鬼に連れられて入ってきた。

亡者とわかるのは、皆一様に白い着物でその襟が反対合わせ、つまり左前に着ているのですぐにわかる。

「品物は一つだけだ。一周忌のお供え分だから自分で計算して買うように」

付き添いの鬼が厳しい口調で亡者へと命じる。

このコンビニにはあやかしも鬼も亡者も買い物にくるが、亡者は逃走防止のためか、だいたい鬼が数人を引き連れて管理しながら買い物に来る。

今日は先ほどの言葉から推測するに、一周忌を迎えた人たちのグループのようだ。

亡者たちはどうやってお金を手に入れるか不思議だったが、どうも家族や親族のお供えがあの世では現金化されているらしく、法事の後にはこうやって団体がやってくることもある。

今日の亡者たちはご年配のおじいさんとおばあさんたちだが、案外若くして亡くなる人も多く時には若い人たちが連なって来たり、男女別々にくることもあるそうだ。

パンの横に置かれている羊羹《ようかん》など和菓子を数人の女性亡者が物色しているが、すぐそばにいる安崎には見えていないはずだ。

だがその中の一人の女性が、ぼうっと立ち尽くす安崎に気がつき、すぐに顔を強《こわ》ばらせると、手にしていた羊羹を取り落とし穢の口へ向かって駆けだした。

「ふ、房子？　房子なのか！」

安崎は怒鳴るように叫びつつ杖を放り投げ、女性の後を追って穢の口に向かう。

「ダメです！」

美桜は安崎を止めようとしたが、今までの足取りからは想像もつかないほど敏捷《びんしょう》に店内を駆け抜け、あっと言う間に穢の口を通り抜けてしまった。

「待って！」

彼を追いかけて美桜も開いたままになっている穢の口を通り過ぎ、数歩駆けたところで安崎の腕をつかんだ。

つかんだ瞬間に安崎は「妻が！」と一言告げるや足下から力が抜けるように崩れ落ち、つられて美桜も引きずられその場に転がる。

周囲は真っ黒で光のない世界、それだけ。そこで美桜の記憶はふっつりと途切れた。

＊＊＊

全ての電気が消え失せた真っ暗闇の中で雨が扉を叩きつける。まるで早くここを開けろと脅迫するように。

強い稲光が瞬いて部屋を一瞬浮かび上がらせた直後にバリバリと大きな音を立てて窓ガラスを揺さぶる。

(怖い……助けて、誰か……お父さん、お母さん！　助けて！)

美桜は机の下に潜り込んで一人でガタガタ震えていた。

これは小学生の時のことだ。

何度も何度も繰り返し見てきた夢。いつまでも明けない真っ暗な夜が、眠る度に美桜を怯《おび》えさせる悪夢だ。

一人きりの夜、雷雨は夜中に激しさを増し、停電を引き起こしていた。古い家は今にも崩壊してしまうんじゃないかと思えるほど雷雨に翻弄《ほんろう》されていた。

（お父さん、帰ってきて！　誰か……助けて、神様！）

何度も何度も心の中で叫ぶけれど、もちろん誰も美桜の側にいてくれる人はいない。

風が窓ガラスを揺すれば、「お前のせいだ」と美桜をなじる声が窓から流れ込んでくる。

（ごめんなさい、ごめんなさい。私のせいでお母さんが……ごめんなさい）

いくら謝っても美桜をなじる声は窓ガラスの隙間から波のように押し寄せた。

耳を押さえて丸まっている美桜の髪の毛に、何かが触れる。

（もしかして……お父さん、帰ってきたの？）

優しく緩やかに、大きな手のひらが美桜を撫《な》でてくれる。

もう心配することはない、守ってあげるからと。まるでそう言ってくれているような温かな大きな手。

こんな感覚は初めてだ。泣いてしまいそうに安堵《あんど》する。

安心させてくれるその優しい手に、もっと撫でてとばかりに美桜は頭をすり寄せる。

すると一瞬で辺りは白い光に包まれ、先ほどまで激しい雷雨の最中だった黒い部屋は消えた。

今度はふわふわと温かい海を漂っているような心地よさ。寒さも暑さも感じない、浮遊感に包まれながら美桜はゆっくり目を開けた。

淡い光の中に美桜は横たわっていた。

「目覚めたのか」

美桜の枕元に座っていた白依がこちらを見下ろしていた。

柔らかい光に満ちた部屋で、清らかで美しい白依は、伏して拝みたくなるほど崇高だった。

「白依様……」

光の中に横たわっていると感じたのは、白い真綿の中に寝かされていたから、それが真っ白で光に包まれたように思えたのだ。

「ここは……？」

ゆっくりと起き上がると、不思議なことに今まで美桜を包んでいた真綿が普通の布団に変化してしまった。

「どこぞに不調はないか？」

「はい、大丈夫のようです」

不調どころか、さっきまでの心地よさで目覚めが気持ちいいくらいだ。

「それならばよい」

白依はそっと目を伏せた。

そこへ音羽が扉を開けて入ってくるや、「あ、目ぇ覚めたんだ。早かったね」と笑う。

ペタンと白依の隣に座った音羽が、美桜の顔を覗《のぞ》き込みながら尋ねる。

「もう大丈夫なの？　雫が神の水で浄化してくれたんだけど」

「神の水……浄化？」

「美桜さあ、あの世に足を踏み込んだでしょ。生きた人間があんな所に入るなんて正気の沙汰じゃないからね。穢《けが》れで体中腐って死ぬんだよ」

「く、腐る!?」

「そうだよ、蛆《うじ》が湧いて肉は朽ち果てて永遠に闇を彷徨《さまよ》うんだ」

あやかしたちが気軽に出入りしているあの穢の口が、それほどまでに恐ろしいものだったとは！　入るなとは最初に説明されたが、もっときっちりと説明しておいてほしかった！

「音羽、それ以上怖がらせぬように」

美桜が怯えた様子を見せたからか、白依が止めに入ると、音羽は素直に聞き入れ話を変えた。

「まあ、でも逆巻がすぐに二人を連れ出して、美桜をここまで白依様が運んで神の水で浄化したからさ。もう大丈夫だと――」

音羽の話の途中で美桜は「ああ！」と大きい声を上げると、音羽はビクッと肩をすくめる。

「な、なんなの急に？」

「おじいさん！　安崎さんは大丈夫だったの？」

「あんなうるさいジジイなんて蛆が湧いたっていいじゃないか」

不満たっぷりの音羽に美桜は食らいつく。

「気にするよ！　え、蛆が湧いたの!?　それって大丈夫なの？」

「そんなに気になるならこっちにおいでよ。見せてあげる」

言うなり音羽は立ち上がりついて来るように眼差《まなざ》しで促した。美桜は急いで枕元に置かれていた眼鏡をかけて布団から抜け出すと、白依もゆっくり立ち上がった。

音羽がいくらか乱暴に扉を開けると目の前に白い玉砂利を敷き詰めた庭が現れた。それでここがお屋敷の離れの一室だと気がつく。

お屋敷には広い庭があり、その両端に茶室のような和風の離れがあることに美桜も気がついていた。今居るところはおそらく東側の離れの建物だろう。

音羽は無言のままコンビニに向かい、鳥居を抜けると通用口を開き事務室を指さした。

美桜は恐る恐る事務室をのぞき込み、ハッと息を呑《の》む。

事務所の畳の上で顔に白い布を掛けられ横たわる安崎。そして頭の両横には盛り塩と火の灯《とも》されたロウソクが。その姿にがくりと膝《ひざ》をついた。

「まさか……亡くなって……」

引き留めるのが遅かった。後ほんの少し手が届いていたら、この人を止めることができていたはずなのに。

立ち上がる気力のない美桜の隣でしばし黙ったまましゃがんでいた音羽が、おもむろに口を開いた。

「僕は知らなかったけど、美桜は白依様の加護を受けていたんでしょ。だから穢れも軽くてすぐに目が覚めたんだ。だけどこのジジイは生身だったからダメだって思った」

けど、と音羽は続けた。

「ジジイ、しぶといね。生きてるよ」

「え？」

音羽の言葉が理解できなくて美桜は目を瞬《しばたた》かせる。

「生きてるよ、そいつ」

「い、生きてるの――!?」

「うん。びっくりだよね～」

えへっと可愛く音羽が笑うが、美桜の口はあんぐりと開ききっている。

いや生きているのならなぜ顔に白い布を被《かぶ》せている。なぜ枕元でロウソクを灯している。見た瞬間お亡くなりになっているのかと思ったじゃないか！

色々と突っ込みたいところだったが、今は安崎が死なずにいてくれたことに心底安心した。

「良かった。間に合ったんだ」

「間に合ってないよ〜。雫が貴重な神の水を飲ませたんだからね。そうじゃなきゃ二人ともアウトだよ」

「ねぇ、さっきから出てくる神の水ってなに？」

「言ってなかったっけ？　雫はああ見えて水の神様の見習いなんだけど、雫が奔走して水神様から穢れを祓《はら》う神聖な水をもらってきてそれを飲ませたんだ」

「雫ちゃんが、神様⁉」

「見習いだってば。まだ神様じゃないよ」

ほんの子どもで、無邪気に美桜を迎え入れてくれる雫の姿を思い返す。

言葉の節々に長月よりも立場が上のようだと感じたのは間違いでなく、いくら見習いといっても、いずれは神様になる存在なのだ。

あんなに可愛いのに、と驚く美桜に音羽は「まあ、神様になるにはまだまだ数百年はかかりそうだけどね」と付け加える。

「雫ちゃんにお礼を言わなきゃ。迷惑かけてしまって申し訳なかったな。あれ？　じゃあ、白依様の火傷の時にその水を使えばよかったんじゃ……」

「僕はそれも考えたけど、神の水はもらうのに時間もちょっとかかるし、ペットボトルの方がすぐに手元にあったからね」

そうなんだ、とポツリと零《こぼ》し、改めて机に横たえられている安崎に目を移す。倒れる瞬間に「妻が」と口走っていた。なぜ見えたのかはわからないけれど、きっとあの逃げ出した亡者のおばあさんがこの人の奥さんだったのだろう。あの時の彼の顔は泣きそうにも見えた。

(とても大切な人を失ったんだ、この人は)

安崎は厄介なおじいさんだけれど、誰だって心の中に人にはわからない悲しみ、苦しさを抱いているのだと思い知る。

改めて見てみると季節違いの手編みのセーターは、とても手の込んだ編み方をしている。重量が出ないように細めの糸で優しく編んでいるが、目は整然と並んでいる。とても丁寧で作り手の手間と愛情を感じるセーターだ。

二人の間には深い愛情が存在していたのだろう。

そこに逆巻が顔を出した。後ろには大量のケサランパサランと床掃除のズルズルも顔を覗かせていた。

「美桜さん、もう大丈夫ですか？　体調は悪くないですか」

丸い目を心配に曇らせている逆巻に頭を下げる。

「逆巻さん、ご迷惑をおかけしました。助けてくれてありがとうございます」

「いやあ、ご迷惑だなんて。白依様のお嫁さんに頭を下げられるなんて、いやぁ困ったな。頭を上げてくださいよぉ」

くちばしを何度かカチカチと鳴らし頭の皿をツルリと撫でて、それに、と話を続ける。

「その方の対応はアタシがするべきなのに、引き留めることもできず美桜さんに迷惑をかけたのはこっちですから」

「逆巻さんそんな、優しくしないでください。泣きますよ？」

「いや、女性の涙には弱いのでそれは困りますねぇ」

いつものように優しく笑う逆巻に、美桜もつい笑ってしまった。

「逆巻さんは本当に紳士なんですね」

「いやいや、一介のカッパですよ」

カッパでも彼は間違いなく紳士だ。

人間以上の細やかな心配り、相手に負担を感じさせない気遣い、穏やかでのんびりとした話し方と熱心な仕事ぶりは、尊敬に値する。

「お客様の対応は私もするべきですし、逆巻さんが一人で背負うことないと思います。あから、これは私の単なる所見なんですが、この安崎さんは逆巻さんが愚痴を聞いてくれるからまた愚痴を言いに来るという悪循環だと思います」

「美桜さん」

美桜の言葉を遮った逆巻は、黄色いくちばしに似た口元で笑みをつくり、まだ机に横たわっている安崎に目を向けながら言った。

「アタシはね、このコンビニが大好きで大切なんですよ。ほら、白依様が頑張っている場所ですからね、僭越《せんえつ》ながらアタシも守っていきたいんです。ああいう人も鬼やあやかしも全部含めて大切なんですよ。もちろん美桜さんも」

安崎は寂しさを紛らわすために人に八つ当たりをしているのかもしれない。ある意味悲しい人だ。けれど店を守りたいのであれば大声で文句を言うのは他の客の迷惑になるのだから、きちんと対応するべきだと思えるのだが逆巻の考えは違うようだ。

「アタシは人間ではないので、ああいった人を見ると、なんと言いますか……羨《うらや》ましいと言えばいいのかなんと言うか……」

「羨ましい？　このおじいさんが？」

驚きに目を見開いた美桜に、逆巻は少しだけ照れた表情を見せる。

「ええ、この人だけじゃないんですけどね、人の浅ましさや怒りや醜さを見るとね、短い時間しか生きられない人間の必死さをひしひしと感じるんですよ。我々あやかしは随分と長生きなんでね、花火のようにパッと弾《はじ》ける人の人生は羨ましく感じるんです」

逆巻の言葉にふと考える。

感情のままに振る舞うことを美桜はずっとしていない。心のままに怒ることも笑うことも、そういえば長らく泣いてもいない。怒りや悲しみ、喜びを生み出す心の奥の感情という場所に、もうずっと熱を感じていない。

人と場所に合わせて一緒に笑うことはあるけれど、それは自分が笑いたいから笑っているのではなく、笑うべきだから笑っているだけだ。

（私は人間らしさを失っているのかな？）

人と深く関わり合うことを避け、感情すら自由にできない自分は人間としては欠陥品なのだろうか。

安崎は、なぜあんなに感情の炎を日々燃やしているのだろうか。なぜ自分は感情を露《あら》わにしないのだろうか。逆巻はもちろん、白依を大切に想う音羽や長月の方がよほど感情豊かで人間らしいのではないだろうか。

美桜の心の中にぽつんと疑問の水滴が落ちて小さな跡をつける。

コンビニに繋《つな》がる扉から音羽が顔を出すやぼんやりと立ちつくしている美桜に向かってこう言った。

「美桜、空袋をレジの横に置いておくから適当にレジ処理しておいて。このモンブランクリーム大福、すっごく美味《おい》しかった。ねえねえ逆巻、発注多めにかけておいてね！」

いつの間に音羽は店に出て行ったのか、手には大福の空袋が三枚握られている。

「三つも食べたの？　音羽君、この商品は二八六円なの。二つ食べれば五七二円、三つ食べれば八五八円かかります。それだけ店の損失になっていくの。原価で考えたとしてもこれは店への不利益になるの。ちゃんと会計にお金を入れておくべきよ」

「もー、美桜は律儀すぎだし計算早すぎ。あんまりうるさく言うならアマメハギに生皮剝《む》かせちゃうよ？」

「アマメハギ？」

「まあまあ美桜さん、そんなに細かい収支はいいんですよ。音羽君が喜んでいるのなら、それが一番でしょう。それにね、音羽君が美味しいと言った商品は必ず大ヒットする法則があるんですよ。なので大量発注かけておかないとですね」

そんな言葉をオーナーの園田が聞いたら、きっと嘆き悲しむだろうと美桜には想像に難くない。

万事その場しのぎ、後のことより今のこと。周りのことより自分優先。それが全てのあやかしとは言わないが、音羽含めて多くの鬼やあやかしたちの考え方のようで、今を謳歌《おうか》しているように見える。

（みんないつも楽しそう。先の不安ばかり気にしている人間の方が、短い時間しか過ごせ

ないのに現世を楽しんでいないみたい）

自分は感情豊かにもなれず、今だけを楽しむわけでもなく、なんと中途半端な存在なんだろうかと、美桜は考えながら音羽の残して行ったお菓子の空袋のバーコードを読み込ませようと店に出ると、白依がいつの間にかその場に座っていた。

「心配いたすな。あの老人もじきに目覚めよう」

深い水底から響くような白依の声音は、心の奥深くに染みこんで安堵《あんど》と緊張を覚える。優しいような厳しいような、艶《つや》やかで爽《さわ》やかで、耳にするだけで強く心が惹《ひ》かれてしまう声だ。

「白依様、手を煩わせてすみませんでした。雫ちゃんと白依様の加護のおかげで助かりました」

「我に元の力があれば穢《けが》れを寄せ付けぬ強き加護を与えてやれたのに歯がゆきことよ」

「白依様がそんな風に思われる必要はないです。十分守っていただきました」

頭を下げた美桜を静かな瞳《ひとみ》で見つめていた白依が、美桜の手の中にあるお菓子の空袋に視線を移す。

「音羽の食べた菓子か。素直に持ってくるとは、よほど美桜に懐いているのだな」

「な、懐いている!?　あの態度で懐いているなんて、白依様の目は節穴ですか？　私、絶対に目の敵にされていますよ。さっきも皮を剝《は》がすとか言われましたから」

「あの子と仲良くしてやっておくれ。我のせいで人の世に付き合わせているのだ」

「付き合わせている？　コンビニをですか？」

美桜の問いには答えず、白依はまた手を伸ばすや頭を優しく撫《な》でる。

頭に触れられてドキリとすると同時に、大きな手のひらに言い様のない心地良さを感じる。

（ああ、白依様の手……。この温《ぬく》もりと安心感、夢の中で私を暗闇から救ってくれた……）

今は素直に思える。安心感を与えてくれるこの手が好きだ。この行為が加護を与える行為だと、そうわかっていても特別な気持ちになってしまう。

思い返せば母は産後すぐからずっと入退院を繰り返していたし、父は自分のことしか考えない人で子どもに時間を割くようなことはなかったので、こんな温もりはほとんど与えてもらったことはない。

物心が付いた頃から一人で留守番をし、一人で寝るのが当然で、それを他の人の家と比べてみたり冷たいとか寂しいとか、そんなことは考えずに生きてきた。

力を抜いてそっと瞼《まぶた》を閉じた美桜の髪に、白依は腰を屈《かが》めてふわりと頬を寄せた。

ドキドキと胸が早鐘を打ち頬に熱が集まるのに、それがひどく心地良い。今は離れたくないと、そう願ってしまう。

「美桜の髪はあやかしと違い温かく触り心地が良い。これは人の持つ温もりというものであろうか。これは愛なのであるか？」

問われても答えなど美桜は知らない。ただ温もりと聞いて、忘れてしまっていた記憶が蘇《よみがえ》る。

病床の母が時々、ほんの時々だったが美桜の髪を撫でてくれた手はとても温かくて優しく、大好きだったことを今の今まで忘れていた。

その母の手が永遠に美桜を撫でることがなくなったあの日の膨大な喪失感。

さらに大切な母を失う原因が自分であったと知ったことの衝撃。

周囲の大人たちの黒い服と視線、祭壇の鮮やかな花の色が瞼の裏にまざまざと蘇る。

美桜がゆっくりと瞼を持ち上げると同時に白依も体を起こす。離れて行った温もりに寂しさが首をもたげた。

「……大切な温もりを失った時、人は耐えがたい程の痛みを抱える。それならば最初から要らないって思ってしまう」

温かく優しい場所を、簡単に奪われてしまうくらいならば最初からない方がましだ。

いつの頃からか、美桜は求めるということを諦《あきら》めて生きてきたことに今、気がついた。

小学生の時に慣れない台所で父が帰ってきた時に喜んでもらおうと準備した食事。結局食べて貰《もら》えることの方が圧倒的に少なくて、いつまでも帰らない父に冷めて硬くなっていくご飯を眺めることを悲しいと思えなくなっていき、いつしか人に何かを求めることはしなくなった。

それなのに白依の元に食事を運ばせてもらえない、一緒に食べることもできない。そのことがこんなにも悲しいのは、心の奥底に、誰かと共に過ごしたいと請い願う幼い美桜がいるのかもしれない。

期待の裏には失望がある。人に求めると満たされない時に飢えを味わう。

「あのおじいさん、安崎さんは……」

毎日同じ服を着て、いつも店員の至らぬところを自分の亡き妻と引き比べ、延々とクレームで時間を費やしている人。

肉まん一つを買うだけ。それを一人、イートインスペースで食べている。

「……毎日着ているセーター、古くてほつれて毛玉だらけだけど、手編みのセーターなんです。亡くなった奥さんが作られたんじゃないでしょうか」

「あの老人の妻は亡くなっているのか？」

「亡者のお客さんの中に亡くなった奥さんがいたようです。それで追いかけて行ってしまったんです」

安崎は、今まで隣にあった一番大切な温もりと安心の相手を失い、心のバランスが不安定になっているのだろう。泣きそうな表情が瞼の裏に浮かぶ。

母が亡くなった時、きっと覚悟はできていたはずだろうが父は数日布団から起き上がらずにずっと寝ていた。常には側にいなかったけれど、父にとって母は、やはり最も大切な心の拠《よ》り所だったのだろう。

どんなに晴れて暑さを感じる日でも、安崎が毎日手編みのセーターを着ているのは、そのセーターを今は隣から失われた奥さんの代わりとして、心の拠り所にしているのかもしれない。

「安崎さんの暴言は寂しさの裏返しかもしれません」

「あの老人にはウロがある」

「……うろ？」

白依が思案顔で急に知らない単語を言い出した。また何を言い出したのかと美桜は眉《まゆ》を寄せ首を傾げたが、白依はスッと視線を美桜に移し真っ直ぐに見据える。

それだけで見惚《みと》れてしまう美しい顔立ち。美桜は思わず目を逸《そ》らす。

「ウロとは字で表すと『虚』と書く。心にある虚《うつ》ろであるが、普通は己の力で抑えられるものだ。しかし感情を抑えられなくなった時、悪しきモノが取り憑《つ》きウロとなる。このコンビニに来る客にウロを抱えている者も少なくない。ただウロが心の全てを支配してしまうと――」

そこで一旦《いったん》言葉を切るから、美桜はコクリと息を飲み込み白依を見つめる。

「そうなると周囲に悪意を撒《ま》き散らし、その者の魂は朽ちて汚泥となり二度と再生することはできぬ」

感情なんてなくなればいいと、そう思うのは感情に振り回されるからだ。それが嫌でたまらないから無くなれと思うのだろう。そう考えれば、自分だってウロに取り憑かれる可能性は小さくない。自分だけじゃない、人は誰でも負の感情に飲み込まれる時があるだろう。

ウロは案外身近に潜むモノなのかもしれない。

「あの老人があの世に足を踏み込むも己の穢れたウロのおかげで生きて戻ることができたが、このままでは魂は朽ち果てる」

普通の人間ならば一瞬で腐り果ててしまうあの世から、生きて戻れたのは安崎の中にウロがあったおかげだとは、とても皮肉なことだ。

だがこのままでいいわけがない。いつまでも喪失の苦しみの中でもがき続けるなんて、どれほど苦しいことなのか。

「白依様、神様の力でウロを消して助けることはできないのですか?」

ウロに取り込まれた人間は、もう助かることはないのだろうか。心を取り戻すことはできないのだろうか。

美桜の問いかけに、白依は応とも非とも答えなかった。

「我はただこの地を守り人を見守るのみ。望まれぬのに神から手をだすことはない」

「でも神様の見習いである雫ちゃんは私を助けてくれましたし、いつも白依様は私を守ってくださいます」

「美桜は我が妻であるからだ。雫も美桜だから特別だ」

そう言って美桜を見つめる白依の瞳は、綺麗《きれい》だけれどわずかの温度も含まれていなかった。そこには特別な想いも気持ちも含まれてはいないように見える。

わかっていたけれど思い知る。

言葉だけの妻、言葉だけの関係だと。

嫁なんてとんでもないと思っていたくせに、どうやら心はもっと貪欲《どんよく》になっていたらしい。

白依が美桜を守ってくれるのも加護を施してくれるのも、全て妻という形を保つため。

胸がギュッと音をたてた。

白依は愛を知らない。だから愛を知らなければならないと言っていたのに、特別に想ってくれているのかもしれないなどほんの少し期待していたのだろうか。

どんなことにも期待なんてしないと強く心に決めていたくせに、知らないうちに望んでいたのだ、特別を。

誰にも望まれない自分を嫌というほど知っていたくせに、こんなことで心を揺さぶられることは思ってもみなかった。

こんなちっぽけな感情でさえ胸が痛むのだ。きっと――。

「どれほど大きいのかな……安崎さんの喪失感は」

美桜には計り知れない感情だった。

ガタガタと大きな音が後ろの事務所から聞こえ、次にガシャーンと衝撃音が響いてきた。

何事かと振り返ると、事務所の中で起き上がった安崎が暴れていた。

「離せ！　行かせろ！　房子がいたんじゃ。まだ生きていた、生きていたんじゃ！」

叫びながら暴れる安崎を逆巻が必死になって押さえ込む。音羽はいつの間にかいなくなっていたので、慌てて美桜も加勢に入る。

だが老人とは思えぬすごい力で振り回す腕に激しく突き飛ばされ美桜も逆巻も同時に床に転がった。

「あっ！」と逆巻が声を上げた時には、信じられないほど敏捷《びんしょう》に机を下りて事務所の扉を通り過ぎてしまう。

急いで立ち上がり二人で後を追いかけたが、安崎はもう穢の口に足を踏み込みかけているところだった。

「白依様、止めて！」

レジの横に立っている白依に叫んだが、チラリと美桜の方を見たまま彼はじっとその場から動かない。

そうしている間に開いた穢の口に安崎は駆け込んでいってしまった。その後を逆巻が素早く追いかける。

「どうして止めてくれないんですか！」

叫ぶ美桜に白依は首を傾げる。

「あの者が死を望んでいるのであれば、我はそれを見届けるのみ」

その言葉に、なぜか美桜は激しく感情が跳ね上がった。

「死を望んでいるんじゃない！　会いたくて会いたくて、どうしても会えない人に会いたいと思っているだけでしょう！　それが愛ですよ!!」

もういいです！　と投げつけるように告げて白依の前を抜けて美桜も穢の口に飛び込んだ。

圧倒的な闇が体にまとわりついてくる。これが穢《けが》れの重さなのだろうか。さっきはここで倒れてしまった。

同じ過ちを繰り返すのは愚の骨頂だと常々思っている。最もコストパフォーマンスが悪いのは、何度も同じ失敗をしてしまうことだ。それは美桜がもっとも嫌悪していること。

だからここに入ればまた倒れてしまうだろう。それがわかっていながらも、感情を抑えることができずに飛び込んでしまった自分の行動が理解できないが、今は安崎を追いかける。

（二度目はもう呆《あき》れて助けてくれないよね）

そうなれば腐って死んでしまうのか。それでも安崎の強い想いが全く理解できない白依に対するもどかしさが上回り、こんなことをしでかしてしまった。

（たった一人残されるあの耐えきれないほどの孤独感は、神様には理解できないのかな）

辺りは真っ暗闇で彼の姿も逆巻の姿も見つけられない。

上に行っているのか下に降りているのかさえ判然とせず、そのうちに喉《のど》の奥が詰まるような息苦しさに意識が途切れそうになった。

（ああ、また倒れてしまう。ダメ、もっと意識を強く持たないと）

覚悟を決めて飛び込んだのに情けない、と目を閉じかけた。その瞬間、誰かに手を摑《つか》まれ一気に意識がクリアになる。

「手を放すな」

すぐ側で低く耳に響く声。美桜はそっと息を吐く。

「……白依様」

そのままふわりと抱きとめられ柔らかな香りと温《ぬく》もりに包まれた。

途端に周囲が一気に光り、パッと闇が晴れて周囲に色が溢《あふ》れる。

美桜を抱いたまま白依がふわりと降り立ったのは、清潔な木造のお社の中だった。

「ここは……？」

さっきまで息が苦しかったのに今は普通になっているから、もしや元の世界に連れ戻されたのだろうか。

だが白依は平然とした様子で答える。

「ここが、あの世だ。死者の世だ」

言ってから抱きしめていた美桜をそっと降ろした。

第三章

白依《しらより》様、と呼びかけると美しい銀の髪を揺らしながら美桜《みお》へと振り返る。一つ一つの所作が絵になるほど鮮やかだ。

ドキドキしているのは白依とつないだままの手のひらが熱いからだけではない。

いつもの白い着物の上に羽織っている青と白のストライプの羽織を着ていない白依の姿がとても美しいからだ。

白銀の狩衣《かりぎぬ》に赤の縁取りの紐《ひも》、果てしなく白にも見える薄青の袴《はかま》。艶《つや》やかに艶《なま》めく銀の髪と相まって、それはそれは目映《まばゆ》いばかりの神々しい姿だった。

それに側にいればわかる。白依の纏《まと》う空気がどれほど清浄で涼やかであるかが。その清らかな気がつないだ手を通じて美桜を内側から清めてくれる。

「先ほどは三秒以上だったが許せ。抱いておらぬと見失うところであったのだ」

こんな時でも五十センチと三秒ルールを守ろうとしてくれる白依の生真面目さがとても可愛く思えてふっと笑いを零《こぼ》す。

「よいか、手を放してはならぬぞ。今の我には美桜を助けるだけの力はない。我が身ひとり守る最低限の力しかないのだ。我が気を失えば穢れに蝕《むしば》まれるゆえに、手を放すでないぞ」

振り返り美桜を見つめる白依が、再度美桜の手を引き寄せる。

この手を放せば生死に関わることは理解しているけれど、それでも男の人の大きな手のひらに握り締められた手はドクンドクンと心臓を刺激してくる。

「どうして白依様……さっきは見届けるだけだと」

白依に問いかけたが、しばらく沈黙して顔を逸らせた。

「よく……わからぬ。気づけば美桜を追っていた。さあ参るぞ」

白依は降り立った社の扉をゆっくりと押し開いた。

「わぁぁっ！」

目の前に広がった光景に、美桜は感嘆の声を上げる。

このお社《やしろ》は小高い丘の上にあったから、景色が一望できた。

お社の前にある長い階段の下には江戸《えど》時代のような商店が立ち並ぶ町並みが広がり、更にその先には長屋と呼ばれるような家が隙間なく並んでいる。

その商店の軒先には赤い提灯《ちょうちん》がぶら下がり暖簾《のれん》がヒラヒラと揺れては人々が出入りしている。

「す、すごい！」

あの世は、想像していた所とは全く違っていた。

もっと暗くておどろおどろしく、三途《さんず》の川や賽《さい》の河原が広がり、亡者が苦しんでのたうち回っているようなイメージを持っていた美桜にとっては衝撃的な景色だった。

「それで美桜は何をしたい。なんぞ望みがあるゆえにかように無茶をしてここに来たのであろう。我も人と同じ体なればこの地で長き時間はとれぬが、美桜の望みは叶《かな》えてやろう」

白依に問われ、ようやく最初の目的を思い出す。

「そうだった！　安崎《やすざき》さんを追いかけてきたんだった」

「あの老人ならば逆巻《さかまき》が連れ帰った。人間をここに連れてくることはできぬ」

「そう……ですか。安崎さんは無事だったのかな」

「ウロがあるのでおそらく大丈夫ではないかと思うがわからぬ」

やはり安崎が妻である房子《ふさこ》に会うことは叶わないのだろう。

亡くなった母には二度と会えないと、それをしっかり理解したのはいくつの時だっただろうか。入院が長引くこともあったから、しばらくの間、今度はいつ帰ってくるのかと、心待ちにしていたような覚えがある。

そうか、と口の中で呟《つぶや》き、美桜は白依を見上げた。

どんなに深く想っても、どれほど強く願っても、死者に会うことはできないのだ。

結局何もできないのに飛び込んで白依まで巻き込んでしまったけれど、もし考えていることが可能であれば、一つだけやれることがあるかもしれない。

「白依様、少し……わがままを言ってもいいですか？」

「なんでも申すがよい」

美桜は白依にとあることをお願いした。

＊＊＊

表の看板に書かれていた文字はかろうじて読み取れた。社会の資料集の中で見たことのある木製の大きな看板に「うせものさがし」と書かれている。

暖簾をくぐって店に入ると、すぐに「いらっしゃいな！」と威勢のいい声がかかり、奥から紺色の前掛けをしたキツネが出てきた。もちろん二本足で立っている。

「おやおや、これはこれはコンビニの神様ではありませんか。ご無沙汰《ぶさた》でございます。うせもの屋にご用で？」

愛想良く笑うキツネが白依の後ろに立っている美桜に気がついてギョッとする。

「え、ま、まさか生きた人間をお連れで？　初めて見ましたよ！　どこかへ売るんですかい？」

「いや、人捜しを頼もう」

「えーと、どのようなお人で？　珍品秘宝の買い取り屋でしょうか？」

チラチラと美桜を横目で見てくるキツネは、ここに人間がいることに気が気ではなさそうだ。よほど特異なことなのだろう。

「いや、かようなものではない。それについては美桜から告げるがいい」

はい、と返事をすると、キツネは「こいつしゃべるのか！」と言わんばかりの表情でビクリと肩をすくめたが、すぐに警戒を解いてくれた。

名前と特徴を告げると、キツネは「チョイとお待ちを」とテテテと裏に一度引っ込んで、すぐに古びた地図と虫眼鏡を持ち出してきた。

バサッと上がりかまちに地図を広げるや虫眼鏡で地図をのぞく。虫眼鏡には小さな炎が灯《とも》されており、手元が明るくなるようにできていた。

「お、ここですねえ。ありましたよ」

ほんの一分ほどでキツネは目的の場所を見つけ出す。それからチョイチョイと手招きをして美桜を呼ぶ。

「ええっと、人間さんよ。ここに手を乗せてくれるかな」

広げた地図の上に手を乗せるように要求され、美桜は大人しくそれに従う。美桜に付き添う白依も手をつないだまま隣に立つ。

すぐにキツネは肉球のある可愛い手を重ねてきて口の中で歌うように唱える。

耳を澄ませて聞いてみれば、「コピーコピーキツネのコピー」と、そのフレーズを繰り返している。

（なにこの可愛さ！）

貧乏一筋の美桜にペットを飼う余裕などなかった。人間が食べることさえその日暮らしの危なさなのに、動物まで世話をすることはできない。ペットを飼う意味も意義も見いだせなかったが、今、キツネの黒い靴下を穿《は》いたような愛らしい手とモフモフとした尻尾《しっぽ》にはノックダウンさせられそうだった。

「さあできあがりです。手をご覧くださいな」

「手？」

言われて自分の手のひらを上に向けると、そこに地図の一部分がしっかりと写っていた。

「このキツネ印《じるし》のついておりますところがお目当てのところでさ」

「あああ、ありがとうございます」

「えーお代はコンビニにあるキツネうどんでお願いしますよ」

パカッと嬉《うれ》しそうに口を開いて笑うキツネがとても可愛い。三つほど自腹でお取り置きしておこうと心に決めた美桜だった。

キツネのうせもの屋を出ると、手のひらの地図がぼわっと光を放ち、現在地を点滅で教えてくれる。

「カーナビ……」

こんなところでハイテク技術にお目にかかれるとは驚きだ。

白依と手をつないで町を歩けば色んなものに振り向かれる。

生きたままの人間がいることに皆ぎょっとして、それから遠まきに見てくる。

いつもコンビニに来るスーツ姿の鬼でも、やはりこの場で会えば目を丸くしている。着物を着た鬼も子鬼もたくさんいる。他にも先ほどのキツネのような動物系から得体の知れないあやかし、そしてなにより一番多いのは白い着物の亡者たちだった。

亡者の中にはのんびりと過ごしているものもいるが、死に納得していない者は壁際に座り込み嘆き悲しんだり、わめき散らし辺りに憎悪を振りまいている者もいる。

まだ幼稚園か小学生の子どもが泣きながら母親を捜している様には胸が焼けるように痛んだ。どんなに泣いてもあの子どもたちはもう親には会えないのだ。

あやかしと死者の交わるこの世界には、亡者の数だけ千差万別の想いが横たわっている。

「悲しい場所ですね、ここは」

二度と戻れない場所を持つ人たちばかりだ。のんびりと過ごしているように見えても、ここにいる誰もが本物の喪失を味わっている。なんて悲しみの多い場所だろうか。

話しかけた美桜に白依は視線をサッと周囲に流す。

「我には生きている人間も死者も同じように見える。願いが叶えば喜び、叶わねば悲しみ、それでも前を向いて生き、日々を少しでも楽しくしようとするのが人間だと見受けている。死しても人はさほど変わらぬように思える。今は嘆き悲しんでいても、遠からず己の中で折り合いをつけて今をよりよくしようと考え始めるであろう。それは人間の持つ強き力のひとつである」

（見ているものってそれぞれ違うんだな）

電車の中で妊婦さんと友人の話が聞こえてきたことがあったが、彼女は街の中にこんなに妊婦さんが多いことは妊娠して初めて知った、今まで目にはしていても記憶に残してこなかったんだろうと話をしていたことを思い出した。

悲しみにしか目が行かなかったのは、美桜の目線が悲しみに照準を合わせてしまったからだ。白依はきっと人間をプラスの感情で見ているから前向きに捉《とら》えられるのだろう。

これまでの長い時間の中で、神様として多くの人を見てきた白依は、人の嫌な部分も良い部分もたくさん見てきただろうに、こんな風に人の良い面を見ることができるのは神様だからなのか、白依の人柄なのか、美桜にはない部分だからとても眩《まぶ》しく思える。

鷹揚《おうよう》として美しく、人を受け入れてくれる優しさを持つ。

音羽《おとわ》や長月《ながつき》が白依を信奉している気持ちが少しは理解できたし、美桜はそんな白依と赤い糸で繋《つな》がっていることが嬉しかった。

その時、突然周囲の活気あるざわめきが静まり、空気がピンと張り詰めた。

店を冷やかしていた客はささっとどこかへ去り、店の主《あるじ》は緊張した面持ちで頭を下げている。

「白依様、何か……」

言いかけた美桜の前に、三人の男が立ちはだかった。

そのうちの一人の男がスッと美桜と白依の前に進み出て手を差し出した。

「ご無沙汰ですね、土地神様。力を取り上げられ人間同様になられたとお聞きしましたが、こんなところに人間とおられるとは驚きましたよ」

仕立ての良いスーツを余すことなく着こなせるスタイルの良さに黒縁の眼鏡が理知的な雰囲気を作り出す。烏《からす》の濡《ぬ》れ羽色《ばいろ》という表現がぴったりな漆黒の黒髪と瞳《ひとみ》が、周囲ののどんな光も吸い込んでしまいそうだった。

(なんて凄《すご》みのある人なんだろう)

角はないし鬼ではなさそうだ。かと言って彼の持つ凄みはもちろん人間のものではない。

「君が神の花嫁？　初めまして、私は閻耶《えんや》と申します。以後お見知りおきを」

親しげな笑みを浮かべて美桜の空いている方の手を握りしめ、彼はそっと唇を落とす。

しかしその薄い唇が触れる直前に白依が美桜の手を強く引き寄せ、守るように肩を抱きしめた。

「我の嫁なれば、触れることは許さぬ。下がれ」

淡々とした声音だが、白依らしからぬ強い言い方に美桜は目を丸くする。白依が感情を露《あら》わにしたのは初めてのことだ。そしてとても相手のことを警戒しているから、美桜もついつい警戒モードになる。

「おやおやこれは失礼。神の花嫁に触れるのは失礼だったようですね」

白依の言い方など全く意に介さないように、彼はクスッと小さく笑いをこぼした。それだけで辺りの色を彼の色に染め替えてしまうほど場の空気を支配する。

白依が白ならば、この闇耶と名乗った男は黒。対照的な二人がわずかの距離を置いて対峙《たいじ》する。

美桜の肩を抱きしめたまま白依が問いかけた。

「おぬしがかような場所に来るとは如何様《いかよう》のことか」

「神様のお出ましにご挨拶《あいさつ》に伺いましたが、あまり喜んではいただけなかったのでしょうか？」

それは答えを求めて問いかけているのではないことは美桜にもわかる。相手をわざと煽《あお》った不快にさせるような言い方だ。冷えた眼差《まなざ》しも、決して白依を歓迎している目ではない。

彼は威圧している。自分の行動に文句をつけるなと、そう周囲を威圧している。

周囲で固唾《かたず》を呑《の》んで見ているものたちがさざめきのようにざわついた。

「神の花嫁という珍しい人間《もの》もお連れだと聞いて早速馳《は》せ参じた次第です。神の花嫁に興味が湧きましたので」

周囲を見回しざわつく囁《ささや》きを視線だけで鎮めた後、ピタリと美桜に視線を止める。

口元は笑っているのに目は冷え切っている。鋭い眼差しが心の奥底まで見抜いてしまいそうで、美桜は隠すように胸元に手を当てた。

「おやおや、警戒させてしまいましたか？　神の花嫁。眼鏡の娘とはやけに人間らしいことだ」

男はさらに笑みを深めたが感情の読み取れない瞳は変わらず冷たく鋭い。

圧倒的な威圧に美桜は口を開くことさえ叶《かな》わず、白依の衣をキュッと握りしめるだけだった。

「用がないのであれば去るがいい。我が嫁にそなたが触れることは許さぬ」

白依が終止符を打つように告げると、閻耶は目を細め口元を歪《ゆが》ませた。

「身勝手なことを。神の力を奪われたくせに尊大な」

小声で吐き捨てるように言い、すぐにまた冷たい笑みを浮かべた。

「私も忙しい身ですので今日はこれにて失礼しましょう。また必ずお会いしましょう、神の花嫁よ」

恭しく一礼した閻耶はくるりと背を向けると後ろの二人の男を引き連れて美桜たちの前

から姿を消した。

一拍の間を置き、一斉に辺りがざわめき出す。

「ひええ、闇耶様がこんな町中に来られるなんてビックリしたな」

「人間を見に出てこられたんだろうな」

「いつ見ても鋭くて恐ろしい方だ。目をつけられないようにしねえと、裁判でやられるな」

なんて怯《おび》える声から、「いつみても素敵だ」と賞賛の声まで様々だ。

どうやら彼はあの世の有名人らしく、恐れられながらも憧《あこが》れられている存在のようだった。

「白依様、さっきの人は……」

まだ闇耶の去った方へと顔を向けていた白依に問いかけると、ゆるりと視線を美桜に落としてから薄く目を細める。

「美桜、あれは地獄の者。二度と関わらぬように気をつけよ」

ほとんど抑揚のない淡々とした言い方なのにいつもの白依にはない何かを感じ、言いしれぬ不安が美桜の胸の中をよぎり白依を見上げた。

美桜の知らない恐しい顔をこの世界は隠し持っているのだろう。コンビニに来てくれる明るい客ばかりでなく、闇の側面を持つモノもたくさんいるのだろう。

ゾクリと背筋を寒いものが走り、身震いする。

白依は美桜の肩に回していた手をほどき、それから「あまり時間もない、急ぎ参るぞ」と何事もなかったように歩き始めた。

白依の手に引かれて歩き出す。ここは彼岸の世界、あの世。

威勢良く呼び込みをする店の主はすべてあやかしたちの不思議な世界。

胸に湧き上がる不安は打ち消し、今はただ白依の手を頼りに歩くしかない。この神様から離れないように、そして手を放さないように。

つないだ手に力を込めると、白依は静かに美桜を見つめそれから澄んだ低い声で告げた。

「恐ろしいか？」

「いえ、大丈夫です」

そう答えたが白依は握る手に力を込めてくれた。

「そろそろではないのか、美桜」

数町ばかり無口で歩いていると、白依が手を見るように促した。

「え？　あ、ああ、そうでした」

今の騒動で忘れかけていたが、美桜の目的は人捜しだ。

手のひらを上向けると地図の現在地が点滅しており、目的地まではあと少しだった。

「その先を左に入ってまた右に曲がったところのようです」

「うむ、では参ろう」

闇耶の話を白依はするつもりはなさそうだ。そう判断した美桜は今後、闇耶の話題を出さないことにした。

「あ、もうすぐですよ！　見てください、キツネ印が光ってます」

明るい声で話しかけ、地図の書かれた手のひらを白依に見せると、白依も興味深そうに見つめてくる。

「キツネの印が赤く点滅しているな。ここが目的地か」

「可愛いですね、キツネが赤く光るなんて」

目的地は長屋と呼ばれる簡素な造りの家がずらっと並んでいるうちの一軒だった。

壁は板張りで窓が一つ、扉は引き戸に上半分が磨《す》りガラスになっている防音、断熱などを完全無視した簡素な家が長屋になっている。

美桜は思い切って声をかけた。

「すみません、いらっしゃいますか？」

「はーい」と優しげな声で扉を開いたその先にいたのは、安崎を見て逃げ出した年配の女性だった。

「あら、あなたは」

女性はいくらか驚いた様子で目を開き、それからすぐに白依に気がつき笑顔を見せた。

「もしかしてコンビニの神様？」

「と店員の神崎《かんざき》美桜と申します」

ペコリと頭を下げた美桜に、彼女、房子は中に入るように勧めてくれた。

中は六畳間一部屋と台所があるだけの質素な部屋だが、ほとんど物がないので十分な広さがある。聞けば死者は生前の持ち物は何も持ち込めず、ここに置いてあるものは消耗品以外は全て住居が決まった時に支給されるそうだ。そうして裁判までの時間、ここでひたすら数年間待ち続け、裁判が終わればこの部屋は別の誰かの部屋となる。

「この死者の着物ももちろん支給なんですよ」

房子には死者の悲壮感などない。残された生者の安崎のほうがよほど死者のような嘆きっぷりだ。

町で見た死者の人々の中には深い悲しみを抱く人も多くいたが、やはり人の死とは、残された人にも強く深い悲しみを残す。

おぼろげな記憶の中の母は、いつだって死を身近に感じていたはずだが、いつでも穏やかで優しかった。母はきっと死を受け入れていて、それを受け入れられなかったのは父と自分の方だ。

穏やかに亡くなった人を、穏やかな気持ちで送り出せればいいのに、いつも側にいる人がいなくなる膨大な喪失感は、そう簡単にはなくせない。

(でもちょっとだけ、ほんのちょっとだけ気持ちが軽くなっているかも)

亡くなるまでの母が穏やかな気持ちでいて、そして亡くなった後、病気の体を忘れてこんな風に心安く過ごしていてくれたのなら、ちょっとだけ嬉《うれ》しい。

もう亡くなって何年も経っているから母はきっともうここにはいないだろうが、それでもこの人たちの中にいたと思えば、この世界に来られたことはよかった。

「それでコンビニの神様がここに来られたってことは、主人のことですね」

房子は手をつないだままの美桜と白依にお茶を用意した後、改めて向かいに座り優しい口調のまま寂しげに言った。

「お店でばったり会ってしまったから……あの人の姿が見えた時は本当に驚きました。やっぱりあの人には私が見えていたんですね」

死者や鬼は普通の人には見えない。それと同じように死者からは生きている人の姿はぼんやりと靄《もや》がかかったようにしか見えず、ハッキリと相手を認識するほどには見えないと美桜は聞いていた。

もちろん言葉を交わすこともできない。だから今まで生者と死者が交わることはなかったはずなのに、なぜ彼女の姿が安崎には見え、彼女も安崎の姿に気がついたのか不思議に思っていた。

その謎には白依が答えてくれた。

「あの者の中にはウロがあり、その闇に通じる部分がそなたの存在にだけ呼応して互いに姿が見えたようだ。実に稀《まれ》なことではあるが過去にもあったことだ」

「ウロですか。心の闇のようなものだと聞いたことがあります。あの人はそんなにも苦しんでいるんですね。きっと急に私が死んでしまったから……あの人は本当は寂しがりで一人ではダメな人なんですよ」

房子はふふっと寂しい笑みを浮かべてから、突然ガバッと両手をついて深々と頭を下げた。

「もう一度だけあの人に会わせてくださいませんか。私は満足していたこと、今もなんの後悔もないことをあの人に一言伝えさせてください、お願いします。一度だけ、一度だけでいいので会わせてください」

口調は丁寧で穏やかなままだが、細い肩と声が震えており、彼女も苦しんでいるのが見て取れた。

(どんなに会いたくても会えないのは、死者も生者も同じだったんだ。生きている人たちだけが会いたいんじゃなくて、死者だって生きている人に会いたいと思うんだ)

「理《ことわり》を曲げることはできない。死者と生者が交わることは許されざることである」

白依の言葉を聞いた房子は、伏せたまま身じろぎもしない。それが当然の答えと知っているけれど受け入れがたいと動かない背中が言っている。

自分のためではなく、大切な人のために必死になっている二人は、本当に似合いの夫婦だったと思う。こんな夫婦もいるのだと美桜は微笑ましくも悲しくなる。

どれほど大切にしても愛し合っていても別れは必ずやってきて、そして二度と会うことも話すこともできなくなってしまうのだ。

房子の背に手を乗せた美桜は、白依をチラリと見てから声をかけた。

「だからこそ私たちが来たんです。房子さん、教えて欲しいことがあります。安崎さんと房子さんの力になりたいんです、私」

顔を上げた房子さんの目は涙に濡《ぬ》れている。真っ赤になった目元を拭《ぬぐ》いつつ、美桜に涙声で問いかけた。

「私が……あの人のために何かしてあげることがまだあるのでしょうか？」

「もちろんです。房子さんしかできないこと、それを教えてください」

美桜は無理矢理大きな笑顔を作ってみせた。

会えない人を想う気持ちがどれほど辛《つら》いのか、美桜は知っている。たった一言だけでいい、声が聞きたいと願う気持ちもわかる。

人と関わることは苦手なはずなのに、今は二人の想いを届けたいと強く願っていた。

＊＊＊

二人が房子の家を出たのはそれから一時間ほどしてからだが、あの世では時間の感覚がないのか明るさは来た時と変わっていない。

帰り道でも美桜の姿に驚くモノは多勢いたが、おやおやコンビニの神様こんにちは、と通りすがりに挨拶《あいさつ》をしてくる者たちもいた。その中には美桜のこともう知っているものがいて、人間のバイトさんだがこんなところにと驚かれる。

「白依様に無理を言って連れてきてもらいました。またコンビニでのお買い物してくださいね」

「おお、人間のバイトさんも頑張ってな!」

笑いながら手を振ってくれる。

するとその言葉を聞いた周囲のあやかしたちが、「コンビニの!?」「あのコンビニの店員だと!?」と、わらわらと集まりだし美桜はすっかりファンに取り囲まれたアイドルの様になった。

「おい、何かしゃべってくれ!」などと無茶を言うモノまで現われ、美桜はどぎまぎしながら、「は、狭間世のコンビニをよろしくお願いします……」と頭を下げた。

すると、ワッと歓声が上がり、皆が口々に「すげー」だとか「買いに行くよ!」だとか言ってくれた。

こんなふうに誰かに声をかけることは今までの美桜にはあり得ないが、今は怖くない。

声をかければちゃんと返してくれるし、笑顔を見せれば笑顔が返ってくる。

人と関係を持つことを忌避してきたのは、色々な付き合いが面倒だからだが、それ以外にも人を怖いという気持ちがあったのだと気がついた。

彼岸であるあの世に来てよかった。全て白依のおかげだと美桜は手をつなぐ神様にお礼を告げる。

「白依様、無理を言って連れてきてくれてありがとうございます。私、この世界でたくさんのことを受け取ることができました」

「たくさんのこと、とな。ではその中に美桜が叫んでいた愛はあったのか？」

「はい。多分、見つけたと思います」

「では今すぐ我に教えよ」

「口では……簡単には言えません」

「うむ、そういうものなのか。残念だが美桜が嬉しそうで我も嬉しく思う」

「私、嬉しそうですか？」

「そのように笑っていると愛らしいぞ、美桜」

「し、白依様！」

いきなり愛らしいなど言われて気恥ずかしくて顔が真っ赤に染まる。一気に血の全てが顔に集まったかのように熱い。

「と、これは『先生と私』の第二巻に載っていた言葉であるが、トクンとしたか」

「ここにきて少女マンガ！」

ガックリした。確かにドキッとしたけれど、それがマンガのセリフだったなんて！

なぜわざわざ元ネタを披露してしまうのか。それさえしなければ完璧《かんぺき》な口説き文句だったものを！

「呆《あき》れました。すっごく呆れました」

ガックリしてしまった美桜に気を遣ってくれたのか、お社までの道の途中にあった小間物屋で、白依は可愛らしい白い花の形をした髪飾りを美桜に買ってくれた。

「美桜に似合いの花だ」

「もしかして……それもマンガのセリフですか？」

「いや、我の言葉だ」

似合いの花だなんて、さらっと恥ずかしげもなく言ってくれる。白依は人間の感覚とは違うベクトルを持っているから、何とも思わずに言ったのかもしれないが、地味さには比類なき自信を持つ美桜は慣れない褒め言葉に激しく動揺する。

店先の提灯《ちょうちん》や人出の多さに縁日に来たような錯覚をする。

どこから吹いてくるのかささやかな風が白依の髪をくるる銀糸の編み込まれた長い紐《ひも》を揺らし、チラチラと提灯の明かりを反射させる。

「気に入ったか」

心なし白依の声は柔らかさを含む。

ムーンストーンのような透明感のある白い石が五つ並ぶ花の形。髪はいつも一つ結びしかしない地味で冴《さ》えない美桜には気後れしてしまう愛らしいデザインだった。

ただ白依から貰《もら》ったことがとても嬉しくて、そっと胸に抱きしめる。

「ありがとうございます。大切にします」

お洒落《しゃれ》とは縁遠い一つに縛っている髪に差し入れる。落とさないよう髪ゴムの間にしっかりと挟んだ。

ようやくお社への階段にたどり着き、一段また一段と上り始めると、やけに別れがたい気持ちになってくる。

あの世なのに、まだ来るには早い、悲しくて恐ろしい場所なのに、美桜は心が惹《ひ》きつけられている。

階段を上りきると背中越しに振り返る。

どこか郷愁を漂わせる古びた町並みを目に焼きつけ白依に頭を下げた。

「白依様、わがままを聞いてくれてありがとうございました。本当にここへ来て良かったです」

ふわっと自然に美桜は笑顔になる。自分でも驚くほど自然に笑みが浮かんだ。

白依はしばらく美桜を見つめていたが、すっと空いている手を伸ばし美桜の頬に触れた。

「我が美桜と共にいたいと思うたのだ。我も手を握り共に歩いたこと、美桜を守れたことに満足しておる。人の満ち足りた顔は美しい。特に美桜が嬉しいと我も嬉しくなる。不思議である」

美桜の頬から手を放した白依が名残惜しそうに見えたのは、自分の願望なのか。

白依は「では戻る。五十センチはしばし我慢せよ」と言うやいなや美桜を抱き上げお社の扉を開いた。

美桜はまたドキドキしている。

白依の腕にしっかりと抱き留められていると鼓動が早くなってしまう。頬に触れる絹の柔らかさやふわりと香る涼やかな香りが一層美桜をドキドキとさせる。

白依はどんなことも受け入れてくれる広い愛を持った神様だと思う。

今はまだそのことに気がついていないだけだ。

優しくて、大らかな美しい神様。

今、はっきりとわかった。

白依と近づけばドキドキして緊張してしまうけれど、それ以上にもっと白依のことに触れたい、触れられたい。もっと距離をゼロに近づけたい。そう願う欲深い自分がいることに、美桜は気がついてしまった。

今度はすぐに黒いゾーンを抜け、目前に似つかわしくない自動ドアが現れた。そこから光が溢《あふ》れてきて目からも暖かさを感じる。

「こちらから見るとこんなふうに見えているんですね」

街のオアシスと呼ばれるコンビニは、あの世からすれば本当に闇の中にあるオアシスだろう。暗い道を抜けた先にあるなんでもそろう光溢れる場所。逆巻がここを大切だと思う気持ちが理解できた。

「白依様、今はお力も少ない中、私のわがままでご迷惑をおかけしました」

「構わぬ。無茶をする美桜を守り、願いを聞くのは悪くない。むしろもっと我にわがままを言うがよい」

甘やかしてくれるような言葉に美桜は、白依に対する想いがさらに大きくなるのを感じる。

一人は寂しかったんだ。虚勢を張って早くから自立していたと思っていたけれど、心の奥底にはまだ誰かに甘えたいと願う子どもの美桜が出口を探してもがいていたようだ。

「美桜、我とともにあったゆえに穢《けが》れはないと思うが、互いに人間の体では如何様《いかよう》になるかわからぬ。あの老人に使うようにと雫《しずく》より預かった神の水が少し残っている。唇に神の水を乗せるのですぐに口に含むがいい」

白依はそう言うと懐から小指の先ほどの小さな瓶を取り出し、自分の指先に中身を取り出し、その指でそっと美桜の唇にふれる。

白依の冷えた指先が唇に触れた途端に、美桜の胸は大きく跳ね思わず瞼《まぶた》を閉じた。

それは何秒だっただろうか、やけに長く感じたけれどきっと一瞬のこと。

流れる水のように白依の指が美桜の唇から離れて行くと、美桜は唇に乗せられたわずかの水分を急いで唇を噛《か》みしめるようにして含み目を開ける。

その様を白依がじっと見つめている。

お互いの視線が絡まり、しばし見つめ合う。

淡い茶色の美しい瞳《ひとみ》が美桜を見下ろしている。まさに吸い込まれてしまいそうで美桜は目を離せなくなる。

止まった時間を白依の瞬《まばた》きが動かし始め、美桜をそっとその場に降ろした。

「さあ美桜、そなたのできることを為《な》せ」

白依が握り締めてくれていた手を緩くほどけば、美桜は自分から手の中から手を抜いて自動ドアの前に立ち、くるりと振り返り頭を下げる。

初めてわがままを言い、それを受け入れてくれ背中を押してくれた神様。美桜にとって特別で大切な神様だ。

「行ってきます！」

見送る白依はどこか満足げに見えた。何かを成し遂げたような満足げな笑みを口元に浮かべ美桜を見送っていた。

そして、その場に白依がくずおれるように膝《ひざ》をついたことを美桜は知らなかった。

＊＊＊

お屋敷の台所に駆け込むと長月が追いかけてきていつものように文句を言い始める。

「小娘！　白依様のお手を煩わせたと聞き及んだぞえ！　なんと無礼な、なんと不躾《ぶしつけ》な、なんと愚かなことを！」

そんなお小言を背中に聞き流しつつ、美桜は急いで包丁を取り出した。

「生意気なことを、わらわの言うことを聞き――」

「静かにしてください。今から料理を始めます！」

安崎はやはり無事に戻っていた。ただ二度目だったのでまだ目覚めていないのだと坂巻から教えてもらっていた美桜は、ここぞとばかりに張りきる。

包丁を握ればまた美桜の性格が変わる。長月の小言など気にしない強い美桜が出てくる。

聞いた通りの材料をそろえ、美桜は小麦粉にドライイースト、砂糖を加え、そしてぬるま湯と牛乳を加えながら混ぜ込みしっかりと捏《こ》ねる。

「それはなんじゃ？」

遠慮がちに聞いてくる長月は、一応美桜の邪魔をしないようにしているのか、体は台所の入り口で、首だけを長く伸ばして覗《のぞ》き込む。

「肉まんを作っています」

「肉まんなんぞはコンビニでいくらでも売っているであろうに」

呆れたように言う長月に、美桜は「だからこそ作っているんです」と生地を捏ねながら返事をした。

生地が発酵している間に中に入れる種を作る。

豚のひき肉と白ネギ、ショウガや調味料などこちらも教えてもらった通りに混ぜ合わせ、最後に一番大事な隠し味を入れる。

『赤味噌《あかみそ》を少しだけ混ぜるのが私流なんです』

そう言った時の房子は、思い出を辿《たど》るように優しく、少し悲しそうに微笑んでいた。

具を包み込み二次発酵と蒸している間にもう一品作り上げる。

こちらはきんぴらゴボウ。房子がぜひにと勧めてくれた料理だ。

ゴボウを取り出し素早く皮をこそげ落とし機械のような正確さで細かいささがきにし、水の中にさらし、続いてにんじんもダダダダッと同じサイズの細切りにしていく。

フライパンを熱してそこにニンニクを入れ香りが立てばゴボウとにんじん、刻んだ鷹《たか》の爪《つめ》を炒《いた》めていく。

美桜は先ほど仕入れてきたレシピに則《のっと》って味付けをする。

こちらにも房子特有の隠し味があった。

『隠し味はハチミツと豆板醤《とうばんじゃん》よ』

房子秘伝のレシピを再現していく。

「ええっと、豆板醤か。うわ、辛そうだけど大丈夫かな。これ原料はなんだろう」

貧乏人の美桜にとって豆板醤は初めて使う調味料だが、コンビニに売られていたのでそれなりにメジャーな調味料なのだろう。

恐る恐る豆板醤を投入するとツンと辛そうな独特の香りが立ち上る。

最後にごま油を回し入れ、良い香りが立ち上れば完成だ。

器に盛り付け、美桜は試しに一欠片《ひとかけら》口に放り込む。

「んん！　これはコクがあって美味《おい》しい！」

味噌醤油《しょうゆ》砂糖塩、それらの基本調味料しか家に置く余裕がなかったので、こんな深いコクが様々な調味料で出せるとは目から鱗《うろこ》だ。これからは白依に美味しい物を食べてもらうためにもっと勉強していかなければ。

（こうやって料理の腕って上がっていくのかも。食べてくれる人にもっと美味しいものを

って考えるの、すごく楽しい）

食べてくれる人のことを思いながら作る料理は作り手まで幸せにするのかもしれない。今まで料理とは、お腹を満たすためだけの作業で、作ることに喜びを覚えたことはない。白依のことを考えながら作るのも楽しかったが、今回は食べてくれる姿を見られると思えば、尚のこと想いが込もる。

ようやく肉まんも蒸し上がり、ふかふかの肉まんを器に移す。

美桜は愛《いと》おしそうに肉まんときんぴらゴボウを載せたお盆を手にして台所を出ようとしたが、すぐに長月が遮る。

「待ちや。そなたあの世に踏み込み穢れておるのではないのかえ？　穢れた手で作られたものを白依様にお出しするのは、この長月許さぬえ」

「大丈夫です。あの世には白依様と一緒に行きましたので。帰り着いた時に雫ちゃんのお水で清めていただきました」

「なんと！　白依様自らがあの世になど、嘘じゃ！　戯《ざ》れ言はやめよ。今の白依様が危険を冒してまであの世に行くはずはないわ」

「嘘じゃないです。でも安心してください。この料理は白依様にお出しするものじゃありませんので」

「待ちや！　小娘！」

これ以上足止めを食らいたくなくて、美桜は長月の横をスルリと抜け出しコンビニに向けて走る。

鳥居を抜ければ空気が変わる。

清浄な澄んだ空気が湿度と重みのある空気へと変化する。譬《たと》えると、ほとばしる湧き水の清流から幅が広く流れの緩い川になった感じだ。

神様のおわす土地の清らかな空気は、それはすなわち白依の持つ清浄さ。美桜を包んでくれる優しくて温かい白依の空気感が今はとても好きだ。

清浄さから飛び出して美桜はコンビニへと向かう。

手の中の器のこの料理を食べるのは白依ではない。今、コンビニで眠っている人。

美桜は勢いよく通用口を開き事務所に走り込んだ。

「お待たせしました」

息を切らせる美桜を振り返った音羽が、手に付いたクリームをペロリと舐《な》めて言った。

「まだ眠ってるよ」

その場に座っていたのは音羽だけで白依の姿はなかった。

畳の上で眠る相手に視線を落とす。

白い布を顔に掛けられ、枕元に盛り塩とロウソクが置かれているのは、先ほど見た様子と全く同じだった。どう見ても死者を弔う立派なセッティングに見えるが、白い布の下のお方はちゃんと生きている。

横たわっているのは、あの世に足を踏み込んでしまった老人、問題のクレーマーであり房子のご主人、安崎だ。

「白依様はいないの？」

その場にいない白依のことが気になり音羽に問いかけた。

「それは……」

音羽の瞳がサッと曇ったことを美桜は見逃さない。嫌な予感に心臓が早鐘を打ち始める。

「白依様に、何かあったの？　ねえ音羽君、白依様どこなの？」

顔を背ける音羽の肩をつかむ。少年らしい細い肩が微《かす》かに震え、感情を抑えているのが伝わる。

「なに？　教えて！　白依様のこと、どんなことでも教えて！」

美桜の勢いに負けたのか、音羽は己の足先を見つめながら消え入るような声で話し始める。

「白依様のお力が……もう消えかけている。あの世に行って美桜を守る、それだけが今の白依様には限界だったんだ。もう……手遅れかもしれない。どうしよう美桜。白依様がこのまま永遠に目覚めなかったら……僕はもうどうしたらいいか！　ねえ美桜、助けて。白依様を助けて」

「そんな……うそ……でしょう？」

白依をあの世に連れていったのは自分だ。房子を捜してと言ったのは自分のわがままだ。

それが白依の力を削り取ってしまったなんて！

(私はなんてことをしてしまったの!!)

「お、音羽君……白依様は……今どこに……」

声が震えているのは自覚しているけれど、身の内の深部から凍り付きそうな風が吹き上げてきて震えが止まらない。

「東の神殿。美桜が最初の浄化の時に寝かされていたところ」

「わかった」

走り出していた。音羽の顔を見ることもなく、聞いた途端に美桜は全速力で走っていた。

さっきは浮いた気持ちで石畳を駆けていた。そんな自分の能天気さを呪う。

「ごめんなさい、白依様！　私のせいで、私のわがままのせいで！」

白い玉砂利の道を抜けて東の神殿と呼ばれる部屋に飛び込んだ。

淡い光に満たされた部屋の中央に、白依は真っ白な布団に横たわっていた。

白依の銀の髪が広がり、白い光の中に今にも溶け込んでしまいそうで、美桜は思わず引き留めるように白依に抱き縋《すが》る。

「やだ白依様！　ごめんなさい、ごめんなさい！　もう二度とわがままも言わない。白依様を拒むようなことも言わない。だからお願い、もう一度目を覚まして！」

後から後から涙が溢《あふ》れてくるのを止められない。

白依がどれほどの思いで美桜を守ってくれたのか、こんなことになるまで気がつかないなんて、何をして償えばいいのかわからない。

「償いたい。でもそれ以上に白依様が大切なの。お願い、いなくならないで」

お願い……と美桜は泣きながら心から強く願う。

白依に縋りつき嗚咽《おえつ》を零《こぼ》す美桜の耳に低い声音が響いた。

「……願いは聞き届けられた」

「え？」

どこから今の声が響いたのかと顔を上げた美桜の目に、薄《うっす》らと瞼《まぶた》を持ち上げた白依の姿が映った。

「神に願った美桜の願いは聞き届けた」

言いながら白依はゆっくりと体を起こし、抱きついている美桜の肩を抱きしめ顔を覗き込んだ。

「少し力を使い疲れて寝ていた。美桜、何をそれほどに泣いている」

「し、し、白依、様。目が覚め……」

そこからは言葉にならない。あああ、と美桜は声を上げて泣いてしまったからだ。

「美桜、美桜、どうした？　なぜそのように泣くのだ？」

白依が慌てたように美桜の顔をさらに覗こうとしてくるので、美桜は顔を隠して白依の胸を握り拳《こぶし》でトントンと叩《たた》いた。

「心配したの。すごく心配して……怖かった。白依様が目覚めなかったらって……怖くて怖くて」

「なぜ？　我の目が覚めぬと美桜がそんなに怖がるのだ？」

「だって、私のせいで白依様に力を使わせて、それで白依様に迷惑をかけて……私、母を自分のせいで死なせてしまったんです」

泣きながら今まで誰にも言えなかった母の死のことを白依に語る。

母の葬儀の日、今にも雨が降りそうな重い曇り空の下で誰かが言っていた。

『子どもさえ産まなければあの子はまだまだ生きられたのに』

体の弱い母に出産など無理だったのだ、と。

産後の肥立ちが悪く結局健康体に戻ることもなかった母の直接の死因は自分だ。

「今でもその言葉は胸に突き刺さっているの。だから人と交わることにも臆病《おくびょう》になってしまっていた。それなのに白依様をまた自分のせいで失うことになると思ったら、本当に怖くて……」

誰も口にはしないけれど、美桜の中では周囲の声がずっと聞こえていた。

おまえのせいだ、美桜のせいだと。

その幻聴も唯一の友人、莉奈《りな》ができてからは聞こえなくなり、しばらく経っていたのに、また耳の中で騒ぎ出す。

怯《おび》える美桜の頭に手を当てると、白依は美桜の耳を自分の胸に押し当てた。

「それは美桜のせいではない。我は自ら美桜と共にあることを望んだ。そして母御も自ら望んで子を産んだ。己を責めるのはやめよ。それは我や母御の望みを否定することになる。美桜は何も憂うことなどない」

白依の胸は暖かく包み込まれるようだった。

(優しい香り)

白依の纏《まと》うほのかな香りは美桜を癒《い》やしてくれる。この場所を、この人を失いたくないと思い始めている。

「白依様が目覚めて良かった。もう二度と目覚めなかったらって、音羽君もとても心配していました」

「音羽が？　何故に？　音羽には力を戻すのにほんの数刻休むと言っておいたが、何故にかように心配を？」

意味がわからぬ、との表情を見せる白依を見て、美桜は床に手をついた。

(だ……騙《だま》された！)

あの天使が今にも泣きそうな顔、頼りなく儚《はかな》い声に、完全に騙された！

「音羽く――――ん！」

悲痛な叫びを放った美桜に、白依は立ち上がる。

「音羽に会いたいのか、では共に参ろうぞ」

「そうじゃない!!」

こうして美桜と白依は共に屋敷を後にした。

＊＊＊

事務所ではまだ安崎が横たわっている。

その隣で音羽は悪びれることもなく「あ、白依様お目覚めですか」などと気軽に笑いかける。さっきの見事な小芝居などなかったように。

「美桜もおかえり。このジジイ起こせばいいよね。ちょっと待ってね」

音羽が安崎の顔に掛かる白い布を取り除き、その体を思い切り揺すった。

「いい加減起きたら？　もう浄化されてんだしいつまで惰眠を貪《むさぼ》ってんの？」

「音羽君！　ダメダメ！」

安崎の頭がガクガクと揺れて畳にぶつかっている。慌てて美桜が止めたが、安崎は「ううっ」と呻《うめ》きながら瞼を持ち上げた。

無理矢理に起こされたために、まだ夢うつつで覚醒《かくせい》はしていない。ぼうっと焦点の合わない瞳《ひとみ》は虚《うつ》ろで生きている覇気は感じられない。

「音羽君が乱暴に扱うから、安崎さん頭ぶつけてしまったんじゃないの？」

「あれくらい問題ない範囲。で、美桜はこの迷惑ジジイをどうしたいの」

「あ、そうだ。料理を作ってきてたんだ」

美桜はさきほど投げ出すように置いて行った肉まんときんぴらゴボウを安崎の目の前に差し出した。

美味《おい》しそうな香りがふわりと漂うと、カッと安崎の目が開き背筋が一気に伸びた。すぐに美桜の手の中の肉まんときんぴらに目を留める。

「この匂い……」

「これ、ぜひ食べてください。美味しいですよ」

差し出せば安崎はしばらくじっと見つめてから、美桜に顔を向け、もう一度皿に移す。

何か言いたそうに口を開いたがすぐに閉じ、それから震える手で肉まんをつかみ、怖《お》ず怖《お》ずと一口嚙《か》みついた。

美桜は固唾《かたず》を吞《の》んで見守る。どんな反応をするのか緊張してしまう。

一口目を飲み込んだ彼の目が大きく見開かれた。

そして震える声でこう言った。

「これは……房子の……房子が作った……」

その一言を聞いてホッと胸を撫《な》で下ろす。あの世まで行ってレシピを聞いてきたかいがあった。安崎と房子の絆《きずな》の証《あかし》を、こうして橋渡しできて美桜はホッとした。

「皮のわずかな甘み、肉の中の味も……これは房子が作ったものだ！　やはり房子がいるんだ、ここに房子がいるのだな！」

安崎は叫んで座っている畳の上でもがく。だがまだ体は覚醒していないのか、足をバタバタさせただけだった。

「房子を連れてこい！　早くここに房子を連れてくるんだ！」

「落ち着いてください、これは私が作りました」

美桜が安崎を落ち着かせようとわざとゆっくり静かに語りかける。

「房子さんが作る肉まんがとてもお好きだったそうですね」

「そ、そうだ、房子の肉まんが一番うまい。色んなところで肉まんを買ったがどれも房子のものには敵《かな》わない。でもこれは房子の味だ！」

「はい、これは房子さんに聞いたレシピで作りました。この味があの人には一番だからと、教えてくれました」

「房子に……聞いたと？　房子はやはり生きていたのか!?」

「いいえ、残念ながらもうお亡くなりになっています。それは現実です」

「しかしこの味は房子に聞いたと！」

「房子さん、もう一度あなたに作りたかった。最後にこれを作ってから逝けば良かったとおっしゃっていました。死後の世界であなたのことを案じておられましたよ」

「死後の……世界？」

死者と生者は直接会うことは決して許されないことだけれど、一度その可能性を見てしまった彼の心に平穏を取り戻すにはどうすればいいか、美桜なりに自分ができることはなんだろうと考え、奥さんと同じ味付けの料理を食べてもらえれば、少しでも寂しさを癒やすことができるのではと考えた。

逆に言えば料理ぐらいしか自分のできることはない。

だから白依に無理を言い、房子を捜し出してもらった。

「そのまま聞いてください。房子さんからの伝言です」

美桜はできるだけ柔らかな口調になるよう、静かに言葉を紡ぐ。

「あなたを置いて先に逝ってしまってごめんなさい。けれど死んだことにはなんの後悔もありません。私はずっと幸せでした」

美桜が話すのを、身動きを止めて聞き入っていた安崎は何度か口を開いて閉じてをくりかえしてから、喉《のど》の奥から声を絞り出した。

「お……おまえ……房子か？　どこにいるんだ。早くわしの元に戻ってこい」

しゃがれた声。時間の止まったような悲しい瞳。今の美桜が亡くなった房子に見えているのか、じっと美桜を見つめている。美桜を通して大切な人を見ている。

預かってきた言葉を大切に伝えるよう心を込めて話す。

「まだあのセーターを着てくれていると聞きました。あれはあなたの還暦のお祝いに私が編んだもの。もう十年以上前ですよね。大事にしてくださってありがとうございます」

安崎は慌てた様子で視線を落とし、手編みのセーターの裾《すそ》を両手で握り締めた。

「本当に私は幸せ者だったと思います。私はあなたと夫婦となり、優しい子どもにも可愛い孫にも恵まれて十分な人生を過ごしました。あなたも幸せでしたよね？　私は知っていますよ、あなたが幸せだったことを。だからどうか周りを憎まずに生きてください。子どもや孫とたくさん楽しい時間を、私の分まで過ごしてください」

「なぜ、なぜ善良だったお前が先に死なねばならなかった！　わしの世界はお前なしでは何も見えないのに、なぜ置いて逝った！」

声を荒らげる安崎にそっと歩み寄った美桜は、皺《しわ》の刻まれた握り拳を包むように握りしめ、それから彼の目を見ながら言葉を続ける。

「あなたは今を最後まで生き抜いていつかお浄土でお会いできる時のために土産話を持って来てください。孫たちの話もたくさん聞かせてくださいね。それが私からの最後のお願いです。あなた、本当に幸せをたくさんくれてありがとうございました。今も私はいつも笑顔でいますから、あなたも……幸せに満ちていたと、どうか笑って生きてください」

彼女の言葉を全て伝え終えた美桜は、安崎の拳から手を放しふぅっと息を吐く。

ブルブルと肩をふるわせている様は、房子と同じ。

夫婦として何年、何十年と一緒に過ごしてもこんなにお互いを想い合えることが美桜にとっては驚きでしかない。

結婚などに幸せはない、人生の墓場だと思っていたが、人と人が本当に心から結ばれるとこんなに強い想いが生まれるのだろうか。ほんの少し憧《あこが》れを覚える。

「房子……わしは至らぬ夫だった。家のことも子どものことも任せきりで——それなのにお前は幸せだったと……幸せだったと言ってくれるのか」

涙が閉じた目からこぼれ落ちた。

房子が亡くなってから悲しみを怒りに変えて生きてきた安崎は、もしかしたら初めて悲しみの涙を流したのではないだろうか。

止めどなく流れる涙が降り積もった心の澱《おり》も流してくれればいいのにと、美桜は願わずにはいられない。

「すまん、房子。すまん、すまなかった。わしはお前の明るいところが好きだった。花が咲いた、蝶がいた、月が綺麗だと、そんな些細なことで笑ってくれるお前が大好きだった。

もっと側にいるはずだったのに、行きたがっていた梅林にも連れて行ってないのに……。なぜもう少し、もう少しだけ梅の花まで待ってくれなかった。また『花が咲きましたね』と笑って欲しかったのに……すまん、間に合わせてやれなくてすまなかった……」

もう届かない言葉と知りながら謝罪を繰り返しつつ、安崎は肉まんを食べる。それから箸《はし》を取り、きんぴらゴボウにも手をつけ、更に嗚咽《おえつ》を零《こぼ》す。

「うっ……これも……房子の」

「はい、ぜひきんぴらゴボウも食べてもらいたいと房子さんにお勧めされました」

安崎は一口、また一口ときんぴらを口に運ぶ。

「いつも一緒に食べる時にはわしにばかりおかずを取り分けていて、おまえもきんぴらは好きなのに、いつだってわしを優先させてばかりで……おまえももっと食べないといけない」

きっと今、房子と二人で食事をしている。涙を流しながら。

「すまなかった……」

安崎がうなだれたその瞬間、彼の胸から黒い靄《もや》がふわりと現れ、それは人の形に膨れあがる。

「なにあれ？」

影よりも薄ぼんやりとした淡い黒い靄がどんどん大きくなる。

「あれはウロだよ、ほら、ウロが消えていくよ」

音羽が驚いている美桜に囁《ささや》く。

ぶわりと風が部屋に渦巻くと同時に人の形に膨れあがっていた靄が一瞬で霧散した。

「ウロは消えた」

大きくないが白依の凜《りん》とした声がとても強くて、まるで辺りが清められていくようだった。

(もう大丈夫なんだ)

彼のウロは祓《はら》われたと美桜は確信したが、当の本人は状況を把握できていないようで、黒い影の行方をまだ見つめている。

「さあ、もう戻りなよ、この時間はおしまい」

音羽の促しにまだ夢と現実の狭間《はざま》にいる安崎は重たそうにのろのろと立ち上がる。

そして机の上に置いた肉まんときんぴらゴボウを見つめながら再び大粒の涙を零した。

「あ、あ、ありがとうと伝えたかったのに。こんなわしについてきてくれて……深く深く感謝しているとえないいまま。すまぬ房子……」

涙の流れるまま嗚咽を漏らし、きんぴらの皿を愛《いと》おしそうに胸に抱き立ち尽くしていた。

(これって……本当の『愛』だなあ)

世界で最も大切な人。死んでもお互いを気にし合い、いつまでも側にいたい人。

若者の『恋愛』と、安崎と房子の『愛』は別物なのだろうか。

これは夫婦愛と名付けられるものかもしれない。

房子は死んだ後も幸せだと笑っていた。恋愛と違い、長い年月を共に過ごした愛は、ずっと消えないものなのだろうか。

美桜の中では決して幸せではなかったと勝手に結論づけてしまっていたが、いい加減なあの父と結婚した母も、もしかしたら幸せだったのかもしれない。

(だってお母さん、いつも穏やかに笑っていた気がする。房子さんと同じように穏やかだった)

そうだったら嬉《うれ》しいな、と美桜は黙って安崎を見つめる。

しばらく呆然《ぼうぜん》とした後、人が変わったように「騒がせてすみませんでした」と消え入るような声で謝ってから美桜に告げた。

「また肉まんときんぴらを……ここに来たら買えるでしょうか？　ここで食べてもいいでしょうか？」

これは店の商品ではない。販売はしていないので安崎の願いを叶《かな》えることはできない。

そのことを聞いて「そうですか」と諦《あきら》めの溜息《ためいき》を零したが、美桜はすぐに続けた。

「でもまた店に来て下さい。私が個人的に作ります。寂しくなったら、いつでも来てください」

言ってしまってから美桜自身が驚く。こんなお節介をしようなんてほんの一欠片《ひとかけら》も考えたことなどなかったのに、口をついて言ってしまったのだ。

だが安崎が泣き顔を含んだ柔らかな笑顔を見せた時、これで良かったのだと思えた。

彼を見送った後、美桜は先ほどから気になっていたことを音羽に尋ねた。

「ちょっと気になるんだけど……お店があの世と繋《つな》がっている秘密、知られても良かったのかな。今更だけど私はとんでもないことをしてしまったのかな？」

ここまでやっておいて本当に今更だが、死者の伝言をするなんて本当はダメだったのではないだろうか。

あの世の人と会える場所などと言いふらされたり、また会いたいと言われたりしたら大変だ。

自分のしたことの重大さに気が付いて血の気が引く。

音羽は売り場からくすねてきた先ほど並べたばかりのお芋とほうじ茶のどら焼きをバリッと引き開けて肩をすくめる。

「わあ、本当に今更だよね。散々白依様に迷惑かけておいて今頃気が付くとか、美桜って勉強できても本質的にバカなんだね」

「うっ、わかっているけど今はその言葉が胸に突き刺さります。申し訳ないことです」

しゅんと俯《うつむ》いた美桜を横目にパクッとどら焼きを頬張った音羽は、クスッと笑う。

「美桜ってすぐに顔に出るから面白い。いじりがいがあるよね」

「えええ、いじりがいって、じゃあ本当は大丈夫なの？」

顔を上げると音羽の真剣な眼差《まなざ》しとぶつかった。

いじって楽しんでいるという顔つきには見えなくて、ドキッと嫌な拍動を感じて美桜は一気に緊張する。

「うん、美桜の心配は大丈夫だから安心してよ。半覚醒《かくせい》の間は全てが夢の中の出来事だと思える暗示がかけられているからそのことは問題ないんだ。でも……」

「でも？　他に問題があるの？」

「白依様がまたこんなことをしたって天界に知られたら……」

「こんなことって、何？」

「また神格がどうのこうのって文句を言われて……って、なんで美桜にいちいち説明しなくちゃいけないのさ、面倒臭いからやーめた」

ぷいっと話の途中で部屋から行く。

「えええ、ちょっと途中で話を切らないでよ！　あとどら焼きの会計！」

「僕疲れたから休んでもいい？　あとどら焼きの処理も美桜、お、ね、が、い」

いきなりうるうるの瞳《ひとみ》で天使がお願いしてくるものだから、ほだされてはいけないと思いながら「疲れたなら仕方ないね」なんて口走っていた。

「じゃあ、美桜がもういいって言ったし僕は帰ろうっと」

「ちょっと、もういいとは言ってないけど！」

美桜の引き留める声など欠片も気にした様子もなく、音羽はバタンと通用口の扉を閉めて行ってしまった。

もしかして、と美桜は閉じられた扉を見て思う。

白依が神格を奪われ人間と同じ存在になっていることの理由がその辺りにあるのかもしれないと思い気になり始める。

ほんの少し前までは、白依がどうして現状のようになり『愛』を知る必要があるのかとの理由にはそれほど興味がなかった。

人のことを詮索《せんさく》することも、誰かのことを知りたいと思うこともなかったのに、白依のことは知りたくて胸の奥が軽い火傷《やけど》をした時のようにチリチリと痛む。

この胸の痛みは知るべきではないような気がして、美桜はそっと胸を押さえる。

そこに美しい衣を翻しながら白依が事務所に戻ってきて美桜の頭に手を置いた。

「よく為《な》した。あの老人のウロは消えた。もう囚《とら》われることはない」

そうか、と美桜はようやく肩の力を抜く。

(白依様のおかげで……安崎さん、もう大丈夫なんだ。良かった)

人のことにこんなに奔走するなんて自分でも驚きだったが、今はただただ良かったと、そう思っている。

「美桜はなぜ頼まれもせぬのにあれほど老人のために動く？　あの世まで行く無茶までなすはなにゆえだ？」

　問われて自問してみれば、ただ一つだけ答えが浮かび上がってくる。それだけが美桜を突き動かした原動力だろう。

「死者との別れは……受け入れられないといつまでも不幸です。諦めていても心のどこかでは諦めきれない気持ち、多分、私の中にもあるんです。今でも」

　安崎がウロに取り憑《つ》かれるほど苦しみを味わっているなら、どうにかしたいと願った。人のことに関わることを避けてきたはずなのに、見過ごせなくなってしまったのは、死別の苦しみと一人残される辛《つら》さに目を背けることができなかった。

「人は、癒《い》やしや心の安寧を他人に求めるものであるのか。それが『愛』なのであろうか。その相手を失った者は、永遠に安寧を失うのだな」

　深くよく通る声は、耳から落ちて心にまで響く。

　後に残された苦しみを抱える安崎の心は、美桜の伝えた房子の言葉でわずかでも軽くなったのだろうか。ウロは消え失《う》せたけれど、これからの時間を穏やかに過ごせるだろうか。

（過ごせるといいな）

　願わずにはいられない。

それと美桜自身、気がついたことが一つある。

美桜は迷いのない瞳で白依を見上げた。

「私、あの安崎さんと房子さんのことを見ていて決心しました。父の借金を少しずつでも返して、父を捜したいと思います」

「なぜ急にかようなことを思うた？」

父の借金に美桜は返済義務を負わない。あのいい加減な父が作ったものなのだ、勝手に返せばいいと、ついさっきまで思っていた。

本当にずっとずっと家族や繋がりなんてものになんの期待も憧《あこが》れもなかった。だから自分は一生結婚などせず家族を作ることには縁がないと、そう決めつけていた。

でも、あの安崎の悲痛な叫びと、後悔の涙を見て心が動かされてしまった。

「母とはほとんど思い出もないままに死に別れてしまって、それが自分のせいだって思っていて、だから私は誰かと深く関わってはいけない人間なんだと思い込んでいたみたいです」

けれどここに来て否応《いやおう》なしに白依や音羽たちと関わりを持ち、園田《そのだ》の家族を大切に想い続けている愛情や、逆巻の懐深く全てを受け入れる姿を見て、美桜はもっと繋がりたいと思い始めた。

関係ないと一線を画してしまうより、傷ついても痛みを受けても、踏み込んで関係を作っていきたいと願っている。

「私が母の望みを否定しているって白依様が言ってくれたから、私は自分を受け入れてみたい。そして後悔しない生き方をしたいって気持ちが、今はここにあるの」

そっと胸を押さえる。

美桜の根底に眠る想いが見え始めている。

――あんな父親でも大好きだ。

父ともっと色々なことを話したい、母の思い出も教えて欲しい。それに気づいた。

「きちんと言葉を尽くして話をしないといけない、どちらかが死んでしまってから伝えられなかったって後悔することが怖くなったの。だから父に安心して帰ってきてもらえるように借金を返済していきます」

調子ばかりよくて家族に苦労をかけ、自分勝手に蒸発した父。それでもこのまま死に別れたら、きっとまた深く深く後悔してしまう。

家賃光熱費食費諸々《もろもろ》、白依のおかげで助かっている。大学も奨学金で通えているから、バイト代で借金を返済することも今なら可能だった。

だからまだまだここでお世話になりたいですと、美桜が続けて言おうとしたが、白依が胸へと引き寄せ頭をギュッと抱きしめた。

「痛っ、眼鏡が痛たた、ちょっと白依様！」

眼鏡がぶつかり困惑する美桜を抱きしめたまま白依は低い声で問いかけた。

「美桜、父を捜してここを出ていくのか。もう我とは住まぬと言うのか」

「いえいえ、まだまだここでお世話にならせてくださいと言おうとしていたんです。出て行けと言われても、今は絶対に出て行きませんよ」

どうして白依はすぐに話を飛躍させてしまうのか。人の話はきちんと最後まで聞いていただきたいものだ。

美桜の返事を聞いて白依は腕を緩め美桜を解放する。

「そうであったか、すまぬ、五十センチも三秒ルールも先ほどから何度も破ってしもうた」

ちょっとだけ困ったように眉《まゆ》を下げた白依に、美桜は笑顔を向ける。

「白依様、もう五十センチルールはなしで大丈夫です」

「どういうことだ？」

「実は私、白依様に触れられると恥ずかしくてドキドキしてしまってどうしようもなくて距離を取りたかったんです。でももう白依様が側に来ても大丈夫です。なので五十センチ離れていただかなくてもいいです」

美桜は意を決して言ったつもりだったが、白依はなぜかムッと唇を真一文字に結び眉をひそめた。

（アレ？　なんか不機嫌になってる？）

美桜から一方的に五十センチ離れろと言っておきながら、もういいですなんて美桜の都合に合わせすぎた身勝手な提案だったから、白依の機嫌を害してしまったようだ。

「白依様、気に障ったのでしたら謝ります、すみません」

急いで頭を下げた美桜に、白依はいつもより沈んだ声音で問うた。

「それはもうドキドキしなくなったということであろうか。あの絵巻にも確かにあった。もうあの人のことはどうでもいいとか、そう言うておった娘が出てきていたが、美桜もそういうことであるのか？」

「違いますよ！　意味が全然違います！」

ここに来てまたマンガの影響を受けている白依に、美桜は本格的にマンガをテキストにするのは金輪際やめてもらおうと誓う。

「私が言いたいのは、白依様とは五十センチの距離よりももっと近づきたいってことです。つまり……」

とても顔を見ながらは言い出せない。美桜は顔を俯けてわずかに言い淀《よど》んでから告げた。

「白依様に触れられるのが……その、す、好きになったよう……で……す」

最後はごにょごにょと小声になってしまう。

顔から火が出るどころではなく、体全体から火が出そうだ。自分はなんと恥ずかしいことを本人を目の前にして言っているのか。

（ひゃあぁぁ、恥ずかし過ぎる！）

ここでなんのフォローも反応も返ってこないところが白依様だ、こんな神様だよねと、そっと顔を上げると、白依は満面の笑みを浮かべていた。

「げ、めっちゃ笑ってる！」

想像さえしたことのなかった白依の満面の笑みは、とてもとても美しく、でも可愛らしくて辺りを全て光に変えてしまいそうな華やかさがあった。

「美桜、これが嬉《うれ》しいという感情であるな。そうか、こういう気持ちになるのだな」

白依はすっと手を伸ばすと美桜の頬に優しく触れ、それから腰を曲げてゆっくりと顔を近づけた。

（ええええ！　まさかマンガで見た『キス』をするつもり!?　それは早いです！）

眼鏡の奥で目の焦点を失っている美桜だったが、白依は益々顔を寄せ、そして美桜の髪にそっと口づけをした。

（か、髪か!!）

慌てた自分がちょっと恥ずかしい。

白依は体を起こすと「これからはいくらでも美桜に触れられるのだな。寝るときも風呂《ふろ》も一緒でいいのだな」

「お風呂はダメです！　一足飛びに飛躍しすぎです！」

そうか、としゅんと残念そうになる白依は、初めて会った頃よりずっと感情が見えるようになっている。

はらり。

首の組紐《くみひも》から淡い赤の糸が一本、解《ほど》けて落ちた。

「あ……糸が」

足下に落ちた途端に糸は光に吸い込まれていくように消えてしまう。

「糸が解けた」

白依はしばし糸の消えた辺りを見つめる。美桜もそこから視線を動かせない。

（これって、確か白依様の気持ちに呼応する糸だったよね？）

――『我の気を共に織り込んでいるゆえに、我の思いに応じて解けていく組紐である』

渡された時にそう伝えられた。全ての糸が解けるように愛を教えよと。

では今、白依は『愛』を感じたという証《あかし》なのだろうか。

そうであればわずかでも白依の助力になれたことは嬉しい。

でも、糸が落ちた時に大切な薄紙を剝《は》がされるような淡い喪失感がある。

この組紐の糸が全て解ければ、白依は現在のように制限された力でなく、神としての復権を果たせるのだ。そのために美桜がいる。

だから喜ばしいことのはずなのに、美桜の心にはごくわずかなヒビが入る。

「我は愛を知ったのか？　まだよくわからぬが」

「ええ、まさかの無自覚？　この糸、本人がハッキリとわからなくても解ける仕様なんですか？」

「うむ、よくわからぬ。が、とにかく我は今は嬉しい」

白依が嬉しいと言ってくれたことが美桜も嬉しい。小さな心のヒビなど気にすることはない。これからまだたくさん白依とともに過ごし、あやかしの来店する『狭間世《はざまよ》のコンビニ』で仕事をしてお金を貯めなければならないのだ。

「ところで美桜、先ほど美桜が作った肉まんときんぴらとやらを我に食べさせてくれぬか」

「たくさんできたのでもちろんありますよ！　すぐに用意をして長月さんに運んでもらうようにします」

作ったものを食べたいと言われると嬉しい。

今までお腹を満たすだけの料理、誰も食べてくれない料理しか作って来なかったから、自分の料理を食べたいと言われて心が弾む。

今にも駆け出そうとする美桜の腕を白依が素早くつかんだ。

「美桜の部屋で共に食そう」

「え？　それはどういう意味ですか？」

「我は美桜と一緒に食べたいのだ。先ほどの老夫婦もいつも一緒に食べていたと申していたし、てきすとの絵巻の中でも皆で食事をしているようだ」

「で、でも長月さんから食事は神聖なものだから食事中は白依様の所へは誰も入ってはならないと聞いていますが」

「神の食事は確かに神聖なものゆえ、他のものは受け入れない。だが今の我は人と同じ体である。人に倣って共に食事をするのは問題ないと思う。いや、何より我が美桜と共に食べたいと望んでいる。それを拒むことは誰にもさせぬ。ああ、音羽も呼んで皆で一緒に食そう」

　その提案に美桜の気持ちは弾む。

　食事を誰かとできるなんて、本当に嬉しい。予想外の白依の提案に美桜は柄にもなく浮き足立った。

「この料理、いつでも安崎さんに食べにきてもらえたらいいのに。ああ、もっと種類を作ってコンビニで手作りお惣菜とか売り出しても素敵かもしれない。だって和風のコンビニだもん、お惣菜《そうざい》があってもおかしくないと思うの。食べてくれる人のことを考えて、たくさん作ってみたいな。もちろん白依様にもたくさん食べて欲しいです」

　大勢の人に食べてもらい、喜んでもらえたらどんなに素敵なことだろうかと、美桜の想像は膨らむ。

けれど実際に食べ物を売るとなれば、様々な制約があり難しいことは知っているし、コンビニで手作り惣菜を置くことが利益になるかなど、様々な面から考えても簡単にできるものではない。

だから実現しない夢とはわかっていても、なぜかワクワクしてしまう。

(夢ってすごいな。こんなに心をキラキラさせてくれるんだ)

けれど、今、一番嬉しいのは白依と一緒に食事ができることだと。

だが何気なく壁に掛けられている時計を見上げ、サアっと血の気が引いていく。

「きょ、今日も仕事してない。これじゃ今月のお給料が悲惨なことになっちゃう」

青ざめる美桜に白依は「そんなもの園田に都合をつけさせよう」と非道なことを言い出したので、ブンブンと首を振る。

「それダメですよ。ノーワークノーペイの原則があるんですから法律違反です」

「じゃあ少しだけ残って手伝ってくれませんか」

と事務所に顔を出したのは逆巻だ。

逆巻の額で汗が光っているので、忙しいのかもしれない。

「でも白依様のお食事が」

「食事はまだよい。美桜と共に食したいので待とう。美桜よ、逆巻を手伝ってやるがいい」

逆巻が自ら手伝うように言ってくるなんて珍しい。美桜も放っておけなかったので白依の提案はありがたかった。

「白依様ありがとうございます。じゃあ終わったらすぐにお持ちしますから、しばらく待っていてください。絶対に一緒にいただきますから！」

必死になってしまった美桜に、白依は思わずといった様子で口元に笑みを浮かべた。

制服を羽織って店に出た美桜は、その様相に目を見開く。

さっきおじいさんを送って出た時には客は一人もおらず水の底に沈んだかのような静けさだった店内が、今はうるさいほど客の声で溢《あふ》れかえっていた。

後から後から穢《け》の口から出勤前の地獄の獄卒たちやあやかしたちがドヤドヤと流れ込んでくる。一気に騒がしい音の波に飲み込まれて美桜は唖然《あぜん》とする。

「なんでこんな急に賑《にぎ》わっているの⁉」

その返事は白依がしてくれた。

「老人がいる間は結界を張って客を入れておらなんだからな」

「へぇえ……じゃない！　客の足止めとか園田さんが知ったら泣きますよ！」

実質オーナーの苦労に思いを馳《は》せてしまった。

「それにね、どうやら美桜さん見たさに来ている客も多いようですよ」

「私？　どうして？」

逆巻に言われて美桜が店内を見遣《みや》れば、立ち読みの客やおかしコーナーの客がサッと目を逸《そ》らせる。

「あの世で一気に広まったそうですよ。コンビニの神様の嫁がここで働く人間だってことが」

白依と一緒にあの世に行ったことで、娯楽の少ないあの世の恰好《かっこう》の娯楽提供者になってしまったようだ。

「神様のお嫁さん！　お言葉通りに来たよ！　唐揚げとポテト頼むわ！」

美桜がレジに出た途端に、逆巻の前に並んでいた客が全部こちらに流れてきた。

アメリカンドッグ、唐揚げ、ポテト、ピザまん！　と意外にこの世の食べ物と酒が好物なあやかしたちの注文の声が元気よく飛ぶ。合間にはあやかしがチョコレートやら菓子パンなど甘い物をどんどん買って行く。

一部のあやかしたちは皆、なぜか「ワシら遠くから来たんやで？」だの「おまえ横入りすんなや、俺が先に並んどったぞ」とベタベタの関西弁で捲《まく》し立てる。

「こちらのレジにもどうぞ！」

逆巻の声は客たちの声にかき消された。

＊＊＊

美桜が店から解放されたのはすでに深夜になっていた。

店を出ると一気に疲れがのし掛かってくる。だがこれから白依と一緒に食事をする予定だから、歩きながら段取りを整える。

「まず肉まんを蒸しなおして、ご飯は今から炊くと遅いから、今もらってきた廃棄のおにぎりを崩してお茶漬けにしよう」

屋敷の玄関をくぐると「嫁様ぁ！　おかえりなさぁい！」と雫が飛びついてきた。

「わ、雫ちゃん！　あ、今日はありがとう。助けてくれたって聞いてお礼がしたかったの」

「ダメダメ、嫁様。まずは帰ってきたら『ただいま』ですよ！」

首を傾けてニコリと笑いかける雫の可愛らしさに、美桜も笑顔になり、それから「ただいま」と嚙《か》みしめるように言った。

「嫁様の部屋に食事の準備ができているですよ。白依様もお待ちですぅ」

「ええ、雫ちゃんが準備してくれたの？」

「違いますよ、長月ですぅ。火を使うのは雫がしましたけど、お膳《ぜん》の準備は長月がぜんぶしたですよ」

「うわあ、後で嫌みを言われそう」

白依を待たせた上に、さっきは長月の話を聞かずに出ていったし、お膳の準備までさせたとあっては、いつものお小言の三十倍は覚悟しておかなければならないだろう。

「ささ、嫁様早くです」

雫に引かれて部屋を開けると、あの祝言を挙げた部屋にお膳が五つ用意されており、上座に白依が座っていた。隣を一つ空けて音羽も座っている。

「白依様、遅くなりすみません」

手をついて頭を下げたが白依は機嫌よく「構わぬ、早く座るがいい」と美桜を促した。

なぜこんなたくさんのお膳が並べられているのかわからず、美桜は一番隅の端っこに座ろうとしたが、白依が隣の席をポンポンと叩《たた》いて呼んだ。

「美桜の席はこちらだ。妻は我の隣と決まっておる」

「それは恐れ多いのでここでいいです」

隅を死守しようとする美桜に音羽が目をつり上げた。

「いつもは白依様の隣は僕の席なのに美桜に譲ったんだよ？　ウダウダ言ってないで早く座ったら？」

ふん、と唇を尖《とが》らせて横を向く。

音羽は並々ならぬ気持ちで隣を譲ってくれたのだろう。それならばここで無下にしてはいけない。美桜は決心して白依の隣へと移動した。

「失礼します」

「もっと我に近寄るがいい。美桜は我に触れられることが好きなのであろう」

「シー！　それ人前で言うことじゃないです!!」

白依の爆弾発言に美桜は慌てまくる。

そこへ蒸し直した肉まんを運んで来た長月が上品そうに「ほほほ」と笑った。

「まあまあ、いつの間にやら仲良うおなりのようで。白依様、ようございましたな」

（って目が笑ってない！　むしろ射殺せんばかりの睨《にら》みようですが！）

長月の眼差《まなざ》しの鋭さにガクガクブルブルと震えてしまう。

だがその後は穏やかに会食が始まった。長月も雫も美桜の作ったきんぴらと肉まんを食べていた。あやかしが人間のものを食べるとは今の今まで知らなかったが、皆で庭を眺めながらゆっくりと過ごす時間は格別で、心もお腹も満ち足りて美桜は堪《たま》らないほど幸せな気分だった。

珍しく音羽も美桜の作った肉まんを二つも食べた。

そしてあらかた食事が終わりかけたころ、思い出したように白依がポツリと呟《つぶや》く。

「忘れていた。まずはこう言わねばならなかったのだ。雫に教えてもろうたのに」

「なんでしょうか？」

白依は改めて美桜の方へと体を向けると、柔らかな眼差しを向けて言った。

「美桜、おかえり」

白依の声は、ストンと美桜の体の奥に落ち、そこからじんわりと温《ぬく》もりを広げる。

(こんなに嬉しい『おかえり』があるなんて……)

不意に泣きたくなってしまい、美桜は瞼《まぶた》を閉じた。

息をゆっくりと吸い込み、それから白依を見つめる。

「ただいま、白依様」

言った途端に涙が自然にほろりと落ちた。

白依は何も言わずに美桜の肩を引き寄せて優しく背中を撫《な》でてくれた。

「美桜の涙は我の中の何かを動かす。これはなんと言うものか。そなたを泣かせぬようにしたい想いと同時にこの美しきものを見たいと願ってしまう」

白依はやはり人間とは感覚が違う。美しいなどと恥ずかしい言葉を平気で言う。つい美桜は照れて自虐を言ってしまう。

「美しくって……こんな地味な女ですみません」

「一生懸命で、無茶をして、泣いて笑って、美桜はいつだって我にとっては眩《まぶ》しく美しい。己を誇るがいい」

一度は止まった涙がまたせり上がってくる。こんな風に誰かに全面的に受け入れてもらえることに深い安心を覚え、甘えに似た気持ちで白依にそっともたれかかる。

「美桜、今宵《こよい》はこのまま心安く眠るがいい。我がずっとこうしておこう」

優しい声、温かい胸、癒《い》やされる白依の香り。

美桜は魔法にかけられたようにあっという間に白依に寄り添ったまま眠りに落ちていく。

白依の元に来てよかったと、幸せな気持ちで意識を手放した。

首元からするりと、輝くような白銀の糸が滑り落ちたことに気がつかないまま、安らかに眠っていた。

＊＊＊

翌朝、布団の中で目が覚めた美桜はピタリとくっつけられた隣の布団に白依がいないことに少し落胆していることに気が付いて、自分の頭を叩いた。

「何をやってんの？　美桜、本格的に頭がおかしくなったんじゃない？」

すぐ側で音羽の声がして美桜はガバッと跳ねるように起き上がる。

「音羽くん、い、いたんだ」

「いたよ、白依様から美桜が起きたら店に連れてくるようにって伝言もらったから」

「ちょっ、それならすぐに起こしてよ！　どれだけ待たせてる？」

「そんなには。んんっと一時間くらい？」

音羽の返事にギャーッと叫んで美桜は大急ぎで眼鏡をかけ、服はそのままに部屋をとびだす。

「あ、美桜待って！」

音羽の制止の声を振り切り、なりふり構わずコンビニに向かって走り、勢いをつけたまま事務所の扉をバターンと開いた。

中にいた白依と園田と逆巻が目を丸くして振り返った。

「す、すいま、せん！」

ゼエゼエと肩で息をする美桜に白依が話しかける。

「早かったな、美桜。たった今、音羽に呼びに行かせたが、休んでいるのであれば後ほどでいいと言ったが、行き違ったか？」

「……え？　たった今？」

「はい、音羽君に起きていたらってお願いしたんだけど……起き抜けだよね」

園田が自分の髪をツンツンと引っ張って見せる。

「えええ？　一時間……また騙《だま》された!?」

がくっと膝《ひざ》から崩れ落ちた美桜に、逆巻が気の毒そうな顔をする。

「美桜さん、髪の毛が若干酷《ひど》いです」

逆巻が指摘するくらいだ、きっとかなりの酷さだと推察された。

いくら急いでいるからと鏡も見ないで外に行くとは年頃の娘としてどうかと猛省する。今すぐ穴があったら五メートルくらい深く潜ってしまいたい。

「美桜、こちらに」

そんな美桜の気も知らないで白依が呼ぶが、意識は髪の毛に集中している。

「すみませんが、先に髪を整えてきてもいいですか？」

「なぜ？　そのままで美桜は十分愛らしい」

（ぎゃあああ、また人前でそんなことを言う！）

心の機微とか繊細さを白依に求めることは難しいようだ。

「まあ、美桜ちゃんの髪は見ないようにして話を進めましょう」

と園田が慈悲があるのかないのか、そう言って話を始めた。

それは美桜にとって、驚くべき話だった。

「美桜の手作り惣菜をコンビニで売り出そう」

えええええ！　と驚いたのは美桜だけだった。

「実は白依様から美桜ちゃんがそんな話をしていたことを聞いて、すごく良い案だと思ったんだよ。それに作ったきんぴらゴボウと肉まんを試食させてもらって、これを店で置いても売れるんじゃないかと考えて検討していたんだよ」

園田が中心となって話を進めていく。逆巻も園田もきんぴらを試食していたようだ。

「白依様からもコンビニ弁当は飽きたと以前から聞いていて、やっぱり人は手作りの味って嬉しいんじゃないかと思っていたんですよ」

「そんな、私は素人ですよ！」

「大丈夫だ、美桜は人に食べてもらいたいと願って作っているのが味からわかる。この美《お》味《い》しい幸せを多くのものにも教えたい」

「白依様……」

美桜は言葉に詰まったが、すぐに言った。

「そんな理想論だけではだめですよ！　製造許可、販売許可、その他諸々《もろもろ》！　様々な規制があって難しいんです。何かあった場合の製造責任もあるんですし」

法学部に在籍する者として適当では済まされないことは知っている。特に食べ物に関する規制は結構厳しいはずだ。だが園田は笑った。

「美桜ちゃんはさすがに法律を勉強しているから詳しいね。でも食品衛生の許可は僕が取ってるよ。コンビニは一応食品の販売をしているからね」

「そっか」

「アタシも賛成ですよ。あやかしですが美桜さんの料理は幸せの味がしました。美桜さんさえよければ、また食べたいですねえ」

逆巻が照れくさそうにそう言ってくれた。

（私の料理を喜んでくれる人がいる）

それは美桜の心を揺さぶる。

食べてくれる人がいて、料理は命を吹き込まれるのかもしれない。安崎のように食べて喜んでくれる人がいるのなら、それはとても嬉しいこと。

「このコンビニにほっとしに来てもらえたら嬉しいよね。おいしいお惣菜、きっと人気が出るし、看板商品としてもとてもいいと思うんだ」

園田が心強い言葉をくれた。

「私に……できるかな」

公務員を目指す勉強との両立も不安だけど、何よりも今まで貧乏料理ばかりをしてきたのに、人様の気に入る物が作れるだろうか。

「むしろ美桜にしかできないと思う。あやかしの長月も雫もが美味しいと食べていた。それに音羽も。心のこもっていない人間の料理はあやかしも神も食べられぬ。美桜、人間だけじゃなくもっと多くの者たちのためにやってみぬか。そなたの人を想い、相手を喜ばせようとする気持ちは、おいしい味となって料理に活《い》かされている」

美桜の不安がふわっと軽くなる。

白依が隣にいてくれるなら、そしてここにいるみんなが側にいてくれるのならばできそうな気がしてくる。

「誰かを幸せにする惣菜を、美桜なら作れる」

白依は美桜の背中に手を添えて柔らかく微笑んでくれる。

大切な人が笑顔でいてくれる幸せを、美桜はもう知っている。

その想いを他の誰かにも届けられるようになれるだろうか。

美桜は白依をそっと見上げた。

「白依様は、どんなお惣菜が好きですか？」


新しく開かれた住宅地にあるちょっと不思議な和風のコンビニに、美味しいお惣菜が売られ始めたのは、冬の始まりの寒い朝のことだった。

それは『幸せのお惣菜』と呼ばれ、食べた人の心を温め、笑顔にすると言われ大層な評判を呼んだ。もちろん人のみならず、色々なモノたちも笑顔にしていた。

終わり

後書き

初めまして、妙見《みょうけん》さゆりと申します。この物語の舞台は和風コンビニになっています。木の温《ぬく》もりを感じさせる店内はきっと来る人（人のみならず）をほっこりさせてくれる空間になっているのではないかと思いながら書いていました。

便利さを追求したのが名前の通りコンビニエンスなストアですが、こんなコンビニもいいかもしれないと担当さんとたくさん話をしながらできあがった物語です。

どこの街角でも見かけるコンビニですが、ちょっと不思議なモノたちが、実は一緒に買い物をしていると思えば楽しい気分になれそうですよね。

ここからは、この作品に関わってくださった皆様にお礼申し上げたいと思います。

イラストレーターの細居美恵子《ほそいみえこ》先生、本当に素敵なイラストをありがとうございます！逆巻《さかまき》とクロスケの可愛らしさが絶品です。幸せです。

校正者様はじめ富士見《ふじみ》L文庫の皆様。そして担当編集者様には、ずっと何度も何度も話しをしながら、この物語を一緒に作り上げてくださったことを深く感謝しております。

最後に本書を手に取ってくださった読者の皆様。

心より感謝しております。ありがとうございました。

妙見さゆり

作中、『岩波　国語辞典　第7版　新版』（岩波書店）
より一部引用させていただきました。

富士見L文庫

神様《かみさま》コンビニのバイト嫁《よめ》
契約結婚《けいやくけっこん》と幸《しあわ》せのお惣菜《そうざい》

妙見《みようけん》さゆり

平成30年10月15日　初版発行

発行者　三坂泰二
発　行　株式会社KADOKAWA
〒102-8177　東京都千代田区富士見2-13-3
電話　0570-002-301（ナビダイヤル）

印刷所　暁印刷
製本所　BBC
装丁者　西村弘美

定価はカバーに表示してあります。

ISBN 978-4-04-072889-6 C0193　　Printed in Japan